AF285640

Andrea C. Busch
Manchmal hilft nur Mord

Andrea C. Busch

Andrea C. Busch (1963–2008) war Diplom-Übersetzerin, Schriftstellerin und Herausgeberin. Sie wurde in Darmstadt geboren und lebte mit Mann und zwei Katzen im hessischen Groß-Zimmern. Neben dem Verfassen von Romanen und Kurzgeschichten arbeitete sie an der TU Darmstadt im Fachbereich Biologie und studierte unter dem Deckmantel dieser harmlosen Tätigkeit die menschliche Natur. Am liebsten mordete sie in ihrem Garten unter dem Mirabellenbaum.

www.andreacbusch.de

Andrea C. Busch
Manchmal hilft nur Mord

Kriminelle Geschichten aus Hessen
und dem Rest der Welt

Bibliografische Information der Deutschen Nationalbibliothek:
Die Deutsche Nationalbibliothek verzeichnet diese Publikation
in der Deutschen Nationalbibliografie; detaillierte bibliografische
Daten sind im Internet über http://dnb.d-nb.de abrufbar.

© 2008 Andrea C. Busch
Herstellung und Verlag:
Books on Demand GmbH, Norderstedt
Lektorat: Almuth Heuner | *www.heuner.de*
Coverillustration und Gestaltung: Nils Heuner | *www.nils-heuner.de*
Biographie und Klappentext: Tania Jerzembeck | *www.atelier-fuer-text.de*
Porträt auf Seite 2: Beatrix M. Kramlovsky | *www.kramlovsky.at*
ISBN-13: 978-3-8370-7850-3

Inhalt

Aschermittwoch

Haben Sie sich schon mal gefragt, warum manche Menschen zu Massenmördern werden?

Ich kann es Ihnen sagen.

Eine eigene Familie hatte ich nicht; ich bin im Heim aufgewachsen. An meine Mutter kann ich mich nicht erinnern. Mir wurde gesagt, sie hätte »Probleme gehabt«. Noch heute frage ich mich, welcher Art die Probleme meiner Mutter waren: Nahm sie Drogen? Saß sie im Gefängnis? Oder war sie einfach nur überfordert? Es ist mir bisher nicht gelungen, das herauszufinden. Von einem Vater war nie die Rede gewesen, und auf meiner Geburtsurkunde steht »unbekannt«.

Und so war ich begeistert, als ich Torsten kennenlernte und er mir von seiner großen, wunderbaren Familie vorschwärmte. Noch mehr begeisterte mich natürlich Torsten selbst; ich verliebte mich über beide Ohren in ihn. Wir heirateten bei einem Urlaub in Dänemark und stellten seine Familie vor vollendete Tatsachen.

»Du wirst sehen, die freuen sich riesig«, sagte Torsten zu mir. »Sie werden dich lieben.«

Und so sah ich meiner Zukunft frohgemut entgegen. Endlich eine Familie!

»Er hätte sie nicht heiraten sollen. Mischehen gehen niemals gut.«

Schwiegervaters Ton ließ keinen Zweifel daran, dass mein Mann nur deshalb bei einem Verkehrsunfall ums Leben gekommen war, weil er eine Katholikin geehelicht hatte. Ich wusste zwar, dass er mich nicht leiden konnte, aber dass er schon eine Stunde nach der Beerdigung sein Gift verspritzen würde, hätte ich nicht gedacht.

Wir saßen im Wohnzimmer unseres Hauses – des Jugendstilhauses, das ich zehn Jahre lang mit meinem Ehemann bewohnt und das wir liebevoll restauriert hatten.

Schwiegervaters Augen leuchteten, als sein Blick über die Stilmöbel wanderte. Er überlegte vermutlich, wie er sie sich unter den Nagel reißen und teuer verkaufen konnte. Aber da hatte er sich geschnitten. Ein Viertel des Erbes würde er bekommen, weil wir keine Kinder hatten, aber die Möbel gehörten nicht dazu. Da konnte er glotzen und geiern, so viel er wollte.

Nein, es gab kein Testament. Wer dachte denn an so was mit Mitte dreißig? Und Torsten hatte nicht geahnt, wie sehr seine Familie mich hasste. Ich lange Zeit übrigens auch nicht. Familie war ja etwas Neues für mich, sozusagen ein Spiel, dessen Regeln ich erst lernen musste. Und Torsten hatte so von allen geschwärmt, dass ich sehr lang brauchte, um zu begreifen, dass Cousine Sigrid zum Beispiel nicht ungeschickt war, sondern mir bei Tisch häufig mit Absicht etwas über die Kleidung kippte. Und dass Schwägerin Karin, die eine große Fußpflegepraxis betrieb – für Torsten Ehrensache, dass wir dort hingingen –, mir regelmäßig mit Absicht in den Fuß schnitt.

Torsten brauchte ich mit diesen Beobachtungen nicht zu kommen, denn wenn er dabei war, ließen die Manieren seiner Familie mir gegenüber nichts zu wünschen übrig.

Wissen Sie, wie verwirrend das ist, wenn Sie abwechselnd in Freundlichkeit gebadet und mit Bosheiten überhäuft werden?

Die ersten Jahre dachte ich, es läge an mir; ich bemühte mich, Dinge zu tun, die von mir erwartet wurden, mich anzupassen, aber die Familie änderte ihre Ansprüche an mich so schnell, dass ich gar nicht mehr hinterherkam. Irgendwann gab ich erschöpft auf und hielt mich so gut es ging von ihnen fern.

8

Das Leben mit Torsten dagegen war wunderbar. Er zeigte mir eine Welt, die ich bisher nicht gekannt hatte – für Kunst, Haute Cuisine und Weltliteratur ist in einem Heim nämlich kein Platz. Ich zeigte ihm die kleinen Freuden meines Lebens: Fastnacht, Roggenbrot mit Leberwurst, lange Waldspaziergänge – sinnliche Erfahrungen, für die man keinen dicken Geldbeutel brauchte. Es war für uns beide eine unglaubliche Bereicherung. Ich konnte mir einfach nicht vorstellen, dass das jetzt alles zu Ende sein sollte. Nie wieder die Mischung von Torstens Schweiß und Holzlasur riechen, wenn er ein Möbelstück aufgearbeitet hatte, nie wieder beim Aufwachen auf den widerspenstigen Wirbel auf seinem Hinterkopf schauen, nie wieder …

Ich schreckte aus meinen Gedanken hoch, als es an der Tür klingelte. Es war Cousine Sigrid, den ewig schwangeren Bauch weit vorgewölbt, ihre vier Blagen dicht um sich geschart. Sie lehnte sich an den Türrahmen, legte den Handrücken auf die Stirn und stöhnte. „Mein Gott, ich war wieder so müde heute Morgen, ich musste unbedingt zum Arzt und meine Eisenwerte checken lassen.«

Ich verkniff mir die Bemerkung, dass sie ihre Eisenwerte nicht während der Beerdigung hätte checken lassen müssen. Oder dass sie sich bei ihrer fünften Schwangerschaft ja langsam damit auskennen sollte. Ich trat nur beiseite und ließ sie ein.

Dieter, ihr Mann, kam aus dem Wohnzimmer. Er musterte seine Frau mit dem Stolz eines Züchters, der eine gesunde, trächtige Stute begutachtet. »Alles in Ordnung?«

Cousine Sigrid nickte ergeben, wankte ins Wohnzimmer und wollte von mir bedient werden. Ich biss die Zähne zusammen. Sie war hochschwanger und unausstehlich, aber ich sah auf ihre geschwollenen Füße, und ein Hauch von Mitleid flog mich an. Ich goss ihr einen Kräutertee auf und brachte ihr ein Stück Kuchen. Sie hatte nicht einmal genug Anstand, danke zu sagen.

»Tja, Maria, dieses Jahr wirst du ja wohl auf dieses lächerliche

Fastnachtsgetue verzichten müssen«, sagte Schwägerin Karin, als ich mit einer Kanne frischen Kaffees das Wohnzimmer betrat.

Dass sie mir unterstellte, dass ich überhaupt Fastnacht feiern können wollte – drei Wochen nach der Beerdigung meines Mannes –, war wie ein Schlag ins Gesicht. Einer von so vielen, die ich im Lauf der Jahre eingesteckt hatte. Und ich war es so leid, so gottserbärmlich leid. Was hatte ich ihnen denn getan? Nichts, gar nichts. Und dieses Geschwätz von Schwiegervater über Mischehen, die nicht gut gingen, und für die kalvinistische Verwandtschaft sei unsere Heirat ein Affront – in welchem Jahrhundert lebte der Mann eigentlich? Er lehnte alles ab, was er auch nur im entferntesten mit Katholizismus in Verbindung bringen konnte. Er hatte mich doch tatsächlich gefragt, was heutzutage Ablassscheine so kosteten – ob aus Bosheit oder Dummeit, weiß ich nicht.

Vielleicht gefiel es ihm nicht, dass in meiner Vorstellung auch arme Leute in den Himmel kamen; zu meinem großen Erstaunen hatte ich mitbekommen, dass er allen Ernstes glaubte, man könne am Wohlstand eines Menschen erkennen, ob er ein gottgefälliges Leben führt. Je reicher, desto gefälliger. Das erklärte vielleicht auch, warum er so gegen unsere Verbindung war: Ich hatte im Heim zwar eine Schulbildung bekommen und durfte den Beruf der Krankenschwester erlernen, der mir auch große Freude bereitet hatte, aber reich wurde man damit nicht. Andererseits hatte ich bis zu meiner Heirat keinen Tag gefaulenzt, sondern seit meinem siebzehnten Lebensjahr immer gearbeitet und meinen eigenen Unterhalt verdient. Was konnte man von einem jungen Menschen denn mehr verlangen?

Torsten war allerdings der Ansicht gewesen, ich brauche nicht arbeiten zu gehen, er verdiene genug. Und so nutzte ich meine Zeit, um in der Kirchengemeinde zu helfen und für die etwas zu tun, die es nicht so gut getroffen hatten wie ich.

»Karin hat ganz recht«, sagte Schwager Jürgen, dessen Stimme wie ein Peitschenschlag durch den Raum wippte. »Ich verstehe sowieso nicht, warum Torsten dir diesen ganzen Unsinn erlaubt hat.«

»Ich bin ganz deiner Meinung.« Schwägerin Heidrun tätschelte ihrem Bruder den Arm. »Wenn Torsten schon kein Verantwortungsgefühl hatte, müssen wir uns der Sache annehmen, denn Fastnachtfeiern kommt nicht infrage. Es geht schließlich um den Ruf der Familie.«

Zu diesem Ruf hätte ich einiges zu sagen, schließlich habe ich die männlichen Mitglieder der Familie fast alle schon ins Bordell gehen sehen, wenn ich in den nicht so schicken Gegenden unserer Stadt Gemeindemitglieder besuchte. Aber sicher war das nur geschäftlich gewesen und nicht zum Vergnügen und daher für den Ruf der Familie völlig unschädlich. Genauso wie der Geiz von Schwiegervater, der nach Ansicht aller Nachbarn meine Schwiegermutter frühzeitig ins Grab gebracht hatte. Ein bisschen Fastnacht feiern konnte da den Ruf der Familie doch nur aufbessern, oder?

Ich köchelte leise vor mich hin vor Zorn. Ich war dieser ganzen Familie von Anfang an doch freundlich begegnet, hatte mich um ihre Zuneigung bemüht, war hilfsbereit gewesen. Hielten sie das etwa für Schwäche? Glaubten sie allen Ernstes, ich würde ihnen jetzt, wo Torsten tot war, weiterhin die andere Wange hinhalten? Oder mir gar von ihnen etwas vorschreiben lassen? Seinetwegen hatte ich die ganze Zeit den Mund gehalten, war friedlich geblieben und hatte so viel eingesteckt. Und heute, am Tag seiner Beerdigung, würde ich sein Andenken nicht entweihen, indem ich einen Streit vom Zaun brach. Aber lange konnte es nicht mehr dauern.

Drei Tage später, ich saß gerade beim Frühstück, bekam ich einen Anruf von einer alten Freundin, mit der ich mir im Heim das Zimmer geteilt hatte.

»Mein Beileid, Maria. Ich habe es in der Zeitung gelesen. Es tut mir so leid für dich. Wie kommst du denn zurecht?«

Ich seufzte. »Ich bin immer noch wie gelähmt. Ich sitze hier herum und warte darauf, dass die Tür aufgeht und Torsten hereinkommt. Es ist alles so unwirklich. Na, wenigstens läßt mich seine Familie jetzt erst mal in Ruhe.«

Meine Freundin räusperte sich. »Das kann man so oder so sehen.«

Verdutzt starrte ich auf den Hörer; ich begriff nicht, was sie meinte. »Kannst du mir das mal näher erklären?«, fragte ich schließlich.

»Du weißt doch, Maria, dass ich auf dem Amtsgericht arbeite«, sagte sie langsam.

»Ja, sicher weiß ich das.«

»Seit kurzem bin ich auf der Nachlassstelle. Dein Schwiegervater hat heute einen Erbschein beantragt.«

Daraufhin musste ich erst mal schlucken. »Du meinst –?«

»Ich meine, dass er an Torstens Konten will.«

»Kommt er denn damit durch?«

»Ich bin mir nicht sicher.« Meine Freundin begann zu flüstern. »Die Akte wird von einem Kollegen bearbeitet, der deinen Schwiegervater gut kennt. Der wird sicher jeden Ermessensspielraum ausnutzen. Ich geb dir einen Rat: Wenn du eine Vollmacht über den Tod hinaus hast, räum die Konten sofort ab und bring alles in Sicherheit, bis das mit dem Erbe geklärt ist. Ich muss auflegen.« Es knackte im Hörer.

Ich fragte mich, ob ich eigentlich nie etwas dazulernte. Nun hatte die Familie am Beerdigungstag ja gezeigt, wie sie zu mir stand, und ich dumme Kuh hatte tatsächlich geglaubt, sie ließen mich erst mal in Ruhe trauern, bevor es ans Eingemachte ging.

Nein, Trauer konnte ich mir jetzt nicht leisten. Handeln war angesagt. Zum Glück waren Torsten und ich sehr ordentlich, sodass ich genau wusste, wo alle nötigen Papiere lagen.

Als ich in sein Büro ging und den Jugendstilsekretär öffnete, sah ich, dass die Unterlagen durchwühlt worden waren. Es fehlte

12

allerdings nichts, und so machte ich mich sofort auf den Weg zur Bank, um den Rat meiner Freundin zu befolgen.

»Tritt dem Teufel auf den Kopf, bevor er dir drauftritt«, hatte eine unserer Erzieherinnen immer gesagt. Und da ich einen guten Rat zu schätzen weiß, hatte ich die ganze teuflische Bande zu mir gebeten, um über das Erbschaftsviertel zu sprechen, das ihnen zustand. Kaffee und Kuchen standen auf dem Tisch. Ich war gut vorbereitet.

»Und was ist mit uns?«, jammerte Cousine Sigrid.

»Was soll mit euch sein?«, erwiderte ich kühl.

»Erben wir denn gar nichts?«, nahm Dieter die Klage seiner Frau auf.

»Wenn keine Kinder da sind, geht die Hälfte des Erbes an den Ehegatten«, referierte ich. Schließlich hatte ich die letzten Tage genutzt, um mich sachkundig zu machen.

»Und was ist mit der anderen Hälfte?«, warf Jürgen ein.

»Von der anderen Hälfte erhält der Ehegatte –«

»Du kriegst noch mehr?« Er sprang auf.

Ich spielte demonstrativ mit dem Messer, das ich gerade zum Anschneiden der Birnentorte benutzt hatte. »Wenn du mich ausreden lässt?«

Jürgen setzte sich wieder.

»Also, von der anderen Hälfte bekommt der Ehegatte eine Hälfte, also ein Viertel vom Gesamtvermögen, als Zugewinnausgleich. Das restliche Viertel geht an die Eltern. Da Schwiegermutter nicht mehr lebt, bekommt Schwiegervater nur die Hälfte des Viertels, und das andere Achtel geht an die Geschwister.«

Es dauerte einen Moment, bis sie es begriffen hatten.

»Vier Geschwister, und wir sollen uns auch noch ein Achtel teilen?«

»Was ist mit den Cousinen?«

»Wieso bekomme ich nur ein Achtel?«

13

Alle schrieen durcheinander. Ich fühlte mich plötzlich so unendlich müde. »Ich lege mich eine halbe Stunde hin«, sagte ich. »Vielleicht habt ihr euch in der Zwischenzeit geeinigt. Andererseits gibt es eigentlich nicht so viel zu einigen, das Gesetz ist eindeutig. Und eines noch: Euch steht nur Geld zu. Alles, was im Haus ist, bleibt bei mir.«

Ich ging nach oben, ohne mich um das Gekeife zu kümmern, das hinter mir im Wohnzimmer ausbrach.

Eine Dreiviertelstunde später ging ich barfuß auf dem dicken, flauschigen Teppich die Treppe hinunter in die Küche, um mir ein Glas Wasser zu holen. Kaum zu glauben, ich hatte nicht einmal von der Teufelsbande geträumt! Allerdings wurde ich jetzt jäh in die Wirklichkeit zurückgeholt, denn durch die dünnen Holzschiebetüren der Durchreiche hörte ich Cousine Sigrids Stimme.

»Es ist ungerecht, dass wir nichts von den schönen Möbeln bekommen sollen«, jammerte sie. »Die Kommode da drüben würde ganz wunderbar ins Kinderzimmer passen.«

Ja, und Torsten würde sich im Grab umdrehen, weil deine Brut sein mühsam restauriertes Stück mit Filzstift bemalen würde.

»Ist es nicht komisch, dass sie sich so gut in Erbschaftsfragen auskennt?« Das war der Beitrag meiner Schwägerin Karin. »Bestimmt ist sie von Anfang an nur hinter Torstens Geld her gewesen.«

Einen Augenblick war ich in Versuchung, ins Nebenzimmer zu stürmen und ihr eine runterzuhauen, aber es war ja nur der Dreck in ihrem eigenen Kopf, den sie anderen zutraute. Mit mir hatte das nichts zu tun.

»Jedenfalls lassen wir uns das nicht gefallen«, sagte Dieter. »Wenn das rechtlich wirklich alles sattelfest ist, werden wir uns unseren Anteil eben anders holen.«

»Wie meinst du das?« Das war die Stimme von Schwiegervater.

»Wir werden sie so lange terrorisieren, bis sie die Stadt verlässt.

14

Sie wird freiwillig auf das Erbe verzichten, glaubt mir. Wir machen sie so fertig, dass sie froh sein wird, wenn sie alles hinter sich lassen kann. Wir geben ihr ein hübsches kleines Taschengeld, die paar Tausend Euro werden wir verschmerzen, und dann singen wir ein letztes Ave Maria.« Er kriegte sich gar nicht mehr ein über seinen Scherz.

Es herrschte einhellige Begeisterung über diesen Plan.

»Und wisst ihr, womit wir anfangen?« Cousine Sigrid kicherte verschwörerisch. »Wenn Maria am Mittwoch wieder das Büßergewand anzieht, kochen wir bei ihr und laden die ganze Familie zum Essen ein.«

»Damit wird sie nicht einverstanden sein.«

»Das ist doch gerade der Spaß! Wir machen es hinter ihrem Rücken und lassen ihr das ganze Geschirr stehen. Bis sie zurückkommt, sind wir längst weg.«

Schwiegervater seufzte glücklich. »Pfeffersteak mit Bratkartoffeln würde ich gern mal wieder essen.«

»Gut«, sagte Cousine Sigrid. »Das Haus wird tagelang danach riechen.«

Leise schlich ich mich aus der Küche und die Treppe hinauf. Mein erster Gedanke war: »So gemein können noch nicht mal die sein.« Ich wollte einfach nicht glauben, dass sie so etwas wirklich tun würden. Andererseits kamen sie ja auch ohne zu klingeln einfach ins Haus geplatzt. Das hatten sie schon vor Torstens Tod getan, aber nur, wenn sie wussten, dass er nicht da war. Nur einmal hatte ich es ihm erzählt. »Liebling, du musst dich irren. Bestimmt hast du die Klingel nicht gehört, und Sigrid (wahlweise Dieter, Karin, Jürgen oder sonst wer) hat sich Sorgen gemacht und wollte nach dem Rechten sehen.«

Meinen Einwand, dass es ganz normal und kein Grund zur Sorge war, wenn Bewohner nicht vierundzwanzig Stunden anwesend waren, wischte er ebenso beiseite wie meine Frage, warum sie eigentlich den Schlüssel, der ursprünglich mal für Notfälle bei

15

den Schwiegereltern deponiert worden war, schon dabei hatten.

Nein, wenn es um seine Familie ging, war Torsten blind und taub.

Aber trotz allem, was ich gehört hatte, wollte irgendetwas tief in mir es einfach nicht wahrhaben. Das war doch Torstens Familie! Er war ein so herzlicher, liebenswerter Mensch gewesen, irgendwo musste er das doch herhaben?

Was sollte ich denn nur tun? Die Schlösser austauschen lassen, damit sie nicht reinkamen? Oder am Mittwoch zu Hause bleiben?

Nein, seit Jahren schon war ich am Aschermittwoch in der Kirchengemeinde unterwegs. Morgens besuchte ich den Gottesdienst und ließ mir das Aschenkreuz auf die Stirn malen. Es war ein Zeichen der Buße und inneren Einkehr, der Beginn der Fastenzeit, in der wir aufgefordert waren, über unser Leben, unsere Werte und unser Verhalten nachzudenken, uns auf Grundsätzliches zu beschränken. Danach half ich im Pfarrheim beim Vorbereiten des traditionellen gemeinsamen Heringsessens, und vom Nachmittag bis zum Abend besuchten wir Gemeindemitglieder, die nicht mehr aus dem Haus konnten.

Nein, es kam nicht infrage, dass ich meine Gemeinde im Stich ließ. Ich wusste ja, wie sehr die Leute sich über unsere Besuche freuten.

Den ganzen Abend, nachdem die Teufelsbande längst das Haus verlassen hatte, grübelte ich, was ich tun sollte. Als ich beim Abendessen nach der Pfeffermühle griff, um meine Tomaten zu würzen, war sie leer. Auf dem Weg zum Vorratsschrank im Keller kam ich an dem Schrank vorbei, in dem ich Blumensamen aufbewahrte. Durch die Glastür des Schrankes fiel mein Blick auf das Glas mit den Engelstrompetensamen, die ich in unserem Garten gesammelt hatte, um sie in diesem Frühjahr im Pfarrgarten auszusäen. Der Frauenkreis hatte nämlich die Pflege des Gartens übernommen, und von dem Geld, das im Etat dafür vorgesehen war, wurde jetzt ein Nachhilfelehrer für die Flüchtlingskinder bezahlt.

16

Die Samen der Engelstrompete sahen für den flüchtigen Betrachter Pfefferkörnern sehr ähnlich. Sie waren in der Drogenszene beliebt, weil sie Halluzinationen auslösten. In größeren Mengen verschluckt, können sie sogar tödlich wirken.

Das ist eure Chance, Teufelsbande, dachte ich. Lasst ihr mich in Ruhe, lass ich euch in Ruhe. Ihr habt es in der Hand. Ich nahm das Glas heraus und stellte es draußen auf den Schrank.

Bei einer toten Großfamilie im Haus stellt die Polizei jede Menge Fragen. Sie wollten zuerst nicht glauben, dass ich nichts von dem Essen gewusst hatte. Aber ich war den ganzen Tag nicht zu Hause gewesen und konnte nahezu über jede Minute meines Tages Rechenschaft ablegen. Außerdem trugen meine Küchenutensilien einschließlich Pfeffermühle, Engelstrompetensamenglas und Geschirr reichlich frische Fingerabdrücke von Cousine Sigrid und Schwägerin Karin. Gut war, dass Cousine Sigrid bei ihrer Nachbarin mit dem Streich, den sie mir heimlich spielen wollten, geprahlt hatte.

Man erkannte also auf einen tragischen Unglücksfall. Nur um Sigrids Brut tat es mir leid; ich hatte nicht erwartet, dass sie sie mitbringen würde. Und vielleicht wären ja aus den kleinen Teufeln mit liebevoller Erziehung doch noch Engel geworden.

Der Rosenkrieg

»Autsch!« Hauptkommissarin Ina Dehler betrachtete missmutig den Dorn in ihrem Zeigefinger. Als echtes Stadtkind hatte sie nicht die geringste Ahnung vom Gärtnern, aber in einem Anfall von Sentimentalität hatte sie der alten Dame, der sie und ihr Mann das Haus damals abgekauft hatten, versprochen, die Rosen weiter sorgfältig zu pflegen.

Inas Freundin Katharina hatte sich sofort danach erkundigt, ob es Beet- oder Strauchrosen waren, ob die Kletterrosen zu den Climbern oder Ramblern zählten, ob sie einmal- oder öfterblühend waren und um welche Sorten es sich denn nun genau handelte.

Ina hatte nur genervt abgewinkt. Sie verstand überhaupt nichts von Rosen, und ihre Vorstellung von Garten beschränkte sich auf eine große Rasenfläche, auf der man sich austoben konnte.

Vorsichtig zog Ina den Dorn aus dem Finger. Ein Blutstropfen quoll heraus, und sie lutschte ihn ab. Bevor sie sich überlegen konnte, wie ihr Gartenabenteuer jetzt weiter verlaufen sollte, klingelte das Diensthandy an ihrem Gürtel. »Dehler.«

»Hallo, Ina. Liegst du noch im Bett?« Ihr Mitarbeiter Christoph Berend.

»Schön wär's.« Sie war an diesem Samstag extra früh aufgestanden. »Was gibt's denn?«

»Eine Leiche. Wir haben gerade den Anruf gekriegt. Die Rechtsmedizin ist schon unterwegs, und ich fahre auch gleich los.«

19

Eine Leiche. Davon verstand sie wenigstens was. »Wo soll ich hinkommen?«

»Nach Darmstadt, auf die Rosenhöhe.«

»Soll das ein Witz sein?«, platzte Ina heraus.

Auf der anderen Seite der Leitung trat eine kurze Pause ein. »Das würde ich mir nie erlauben«, sagte Christoph mit beleidigtem Unterton.

»Die Rosenhöhe ist ziemlich groß, wo genau liegt denn nun die Leiche?«

»Sie sitzt. Im Rosarium, mitten unter der Kuppel ... Und ich weiß wirklich nicht, was daran witzig sein soll.«

Ina seufzte. »Bis gleich.«

Eine halbe Stunde später fädelte sie ihr Motorradgespann durch das mächtige Löwenportal des Parks Rosenhöhe. Sie kannte den Weg; Katharina hatte sie einmal zu einem Spaziergang hierher geschleppt. Ina war überrascht gewesen, dass in dem Park tatsächlich Leute wohnten. Heute gönnte sie weder dem Teepavillon noch dem majestätischen Tulpenbaum einen Blick, und auch die Mausoleen der Landesfürsten ließ sie links liegen.

Schließlich erreichte sie auf dem gewundenen, sanft ansteigenden Weg ihr Ziel, das vom Rest des Parks durch Maschendraht und Rosenhecken abgetrennt war. Die Kuppel, deren Dach aus einem hölzernen Rosenspalier bestand und die von Backsteinsäulen getragen wurde, war im linken Teil des Rosariums gut zu erkennen.

Sie stieg vor einer Sperre vom Motorrad, um die letzten Meter bis zum Eingangstor zu Fuß zu gehen. Es war unterwegs kälter gewesen, als sie vermutet hatte. Hier oben pfiff ihr der Wind noch viel stärker um die Ohren, und sie fröstelte. Ein feuchter Geruch lag in der Luft. Orangefarbene und braune Blätter wirbelten über den Weg.

Ina nickte den Streifenbeamten zu, die eine Gruppe von Spaziergängern davon abhielten, den Rosengarten zu betreten.

Zeugen? Oder bloß Neugierige?

20

Sie rieb sich immer noch die kalten Hände, als sie durch das schmiedeeiserne Tor trat und quer über die Rasenfläche auf einen der Wege zusteuerte, der zur Kuppel führte. Es ging doch nichts über ein gutes Ortsgedächtnis.

Die Rechtsmedizinerin Christiane Wilkens hockte vor einem der Drahtsessel unter der Kuppel und betrachtete gerade die langen, dunkelroten Fingernägel der Leiche. »Sieht nicht nach Gegenwehr aus«, murmelte sie. »Sonst wären die Nägel abgebrochen. Im bekleideten Zustand keine sichtbaren äußeren Anzeichen von Gewalt.«

Vier von Backsteinsäulen gesäumte und mit Rosenspalieren überdachte Wege führten hierher, und vier mal drei Stühle standen sauber aufgereiht unter der Kuppel. In der Mitte einer solchen Dreierreihe saß die Leiche. Die Frau war blond, und ihr dunkler Wollmantel stand offen. Darunter trug sie eine weiße Rüschenbluse und einen blauen Faltenrock. Die roten Pumps an den Füßen glänzten frisch poliert. Das Gesicht war zu einer Grimasse aus blauem Lidschatten und rotem Lippenstift verzerrt. Die Kleidung war geordnet und wirkte doch seltsam.

»Irgendwas kommt mir hier komisch vor«, fuhr Christiane fort. Ina nickte. »Mord?«

»Kann ich auf Anhieb nicht sagen. Die Umstände sind jedenfalls verdächtig. Sobald der Fotograf fertig ist, könnt ihr mir die Leiche rüberbringen. Ich hätte sowieso nicht gewusst, was ich mit meinem freien Samstag anfangen soll.« Sie zog die Einmalhandschuhe aus und stopfte sie in ihre Tasche. »Sie hat keine Papiere dabei. Die Spurensicherung ist übrigens schon unterwegs.«

»Wer hat die Leiche entdeckt?«

Christiane wedelte lässig mit dem Arm. »Da drüben, die drei, die bei Christoph stehen.«

Ganz ruhig bleiben. Er hat gesagt, sie können uns nichts nachweisen. Gar nichts. Wir müssen nur ruhig bleiben und alle dasselbe sagen. Ein bisschen Betroffenheit ist gut, schließlich kennen wir uns ja schon seit Jahren, aber keine Hysterie. Aber da hat er ja auch noch nicht gewusst, dass uns hier oben jemand erwischen würde. Hoffentlich hat uns wenigstens niemand kommen sehen. Zum Glück ist das Rosarium terrassenförmig angelegt, das erschwert die Sicht. Sogar jetzt noch, wo die meisten Stauden schon braun sind, die Sträucher ihre Blätter verlieren und nur noch vereinzelt ein paar Rosen blühen. ADR-Sorten vermutlich, dauerblühend. Das meiste davon Beetrosen. Erstaunlich auch, wie viel Blätter die Rosenhecke der Einfassung noch hat, dazu Blüten und Hagebutten. Wir sind uns immer noch nicht einig, welche Rosensorte das ist. Eine Wildrose, schon die einfachen kleinen Blüten mit den fünfblättrigen Petalen deuten darauf hin, aber welche? Andererseits gibt es auch Kultursorten, die nur – mein Gott, worüber mache ich mir hier eigentlich Gedanken? Als ob das jetzt noch eine Rolle spielt, wer von uns recht hat ...

Die Warterei macht einen ja wahnsinnig. Was hat dieser Berend gesagt? Wir müssen noch auf seinen Chef warten? Verdammt, um diese Zeit hätten wir laut Plan schon zufrieden zu Hause sitzen und gemütlich frühstücken sollen.

Ina entdeckte Christoph schließlich ganz oben auf einer Grünfläche, wo er mit zwei Männern und einer Frau unter einem Baum stand, das Notizbuch gezückt.

»Diese Herrschaften haben die Leiche gefunden«, erklärte er Ina. »Ich habe schon mal die Personalien aufgenommen.«

Alle drei waren blass. Die Frau knetete ein zerknülltes Taschentuch. Ein Mann kaute an seiner Unterlippe, der andere nahm ständig die Brille ab, um sie zu putzen. Ein merkwürdiger Anblick. Christoph stellte sie der Reihe nach vor, erst die Frau, die »Meister« murmelte, dann den Brillenputzer, der »Siebert« nuschelte, und zuletzt den Unterlippenkauer, der »Gundorf« brummte, und dabei reichten sie Ina nacheinander die Hand.

22

»Was machen Sie denn so früh am Samstagmorgen hier oben?« Ein Blick auf die Kleidung der drei hatte sie rasch davon überzeugt, dass es sich nicht um Frühsportler handelte. Die drei sahen sich an und versuchten per Blickkontakt zu entscheiden, wer denn nun das Wort ergreifen sollte.

Schließlich war es Gundorf. »Wir waren hier verabredet.«

»Wer ist wir?«

»Frau Meister, Herr Siebert und ich, und natürlich Frau Deggenbach.«

»Das ist die Leiche«, flüsterte Christoph Ina zu.

»Verabredet.« Ina kramte das Tabakpäckchen aus der Jackentasche und begann, sich mit klammen Fingern eine Zigarette zu drehen. »Und wozu waren Sie verabredet?«

Wieder wurden Blicke gewechselt. Wieder ergriff Gundorf das Wort. »Wir haben keine Ahnung. Frau Deggenbach hat uns hierher bestellt.«

Ina steckte den Tabak wieder ein, zündete die Zigarette an und nahm einen tiefen Zug. »Und weil diese Frau Deggenbach pfeift, stehen Sie in aller Herrgottsfrühe auf und kommen auf die Rosenhöhe?«

»Ich weiß ja nicht, wann Sie aufzustehen pflegen«, sagte Frau Meister spitz, »aber so früh ist es ja nun auch nicht.«

Es war mittlerweile neun, wie Ina bei einem Blick auf die Uhr feststellte. Gegen halb neun hatte sie den Anruf bekommen, dann müsste der Leichenfund – »Um wie viel Uhr haben Sie die Leiche gefunden, Frau Meister?«

Die Angesprochene knetete ihr Taschentuch. »Ich? Wieso ich? Wir alle gemeinsam.«

»Schön. Und um wie viel Uhr?«

»Ich weiß nicht ... ich war so aufgeregt ...« Hilfesuchend wandte sie sich an die beiden Männer.

»Um acht«, sagte Gundorf, der mit dem Unterlippengekaue aufgehört hatte.

»Muss ich Ihnen eigentlich jedes Wort aus der Nase ziehen?«
Ina drückte die halb gerauchte Zigarette auf dem Boden aus.

Frau Meister sah sie empört an. »Sie sollten das aufheben, junge
Frau. Das hier ist ein öffentlicher Garten; wo kämen wir denn da
hin, wenn jeder seinen Müll hier herumliegen lassen würde.«

Ina lächelte süffisant. »Also, wie war das jetzt mit dem Leichenfund?«

Nach mehreren Anläufen berichtete Frau Meister, dass sie,
Herr Gundorf und Herr Siebert sich zufällig vor dem Löwenportal getroffen hätten und dann gemeinsam den Weg hinaufgelau-
fen seien. Im Rosarium hatten sie dann die Leiche gefunden und
sofort die Polizei gerufen.

Gundorf nickte diese Version ab.

»Und Sie, Herr –«

»Siebert«, flüsterte Christoph.

Der Angesprochene putzte immer noch Brille und reagierte
nicht.

»Hallo, jemand zu Hause?« Inas Ton war gereizt.

Siebert setzte die Brille auf und schenkte ihr ein strahlendes
Lächeln. »Was haben Sie gesagt? Wissen Sie, wenn ich die Brille
nicht auf habe, höre ich so schlecht.«

Sie unterdrückte einen Seufzer, wiederholte die Aussage von
Meister und erntete ein erneutes Nicken. Ina mühte sich, den
Rest der Befragung zu beschleunigen; das dauerte ihr alles viel zu
lang. Entweder waren diese drei schwerer von Begriff, als für einen normalen Menschen gesund war, oder sie hatten es faustdick
hinter den Ohren.

Diese Rockerbraut macht einen richtig nervös. Raucht eine Zigarette nach der anderen und verträgt wahrscheinlich auch einen
ziemlichen Stiefel. Das ist vermutlich ihre Masche. So dämlich,
wie wir uns aufführen, schöpft die doch gleich Verdacht. Für die
sehen wir bestimmt aus wie das personifizierte schlechte Gewis-

24

sen. Dabei brauchen wir gar keins zu haben. Christa hat sich das alles selbst zuzuschreiben. Wie konnte sie uns nur so hintergehen! Und sie wusste doch, dass es eines Tages herauskommen würde. Sie hätte sich denken können, dass wir uns das nicht gefallen lassen. Würde mich schon interessieren, was sie gemacht hätte, wenn wir sie damit konfrontiert hätten. Abstreiten? Das wäre ja wohl kaum möglich. Sich absetzen? Dazu hätte ihr bestimmt das Geld gefehlt. Sie konnte sich ja noch nicht mal einen eigenen Garten leisten. Vermutlich hätte sie es auf einen Prozess ankommen lassen, und das hätte Jahre gedauert. Na, die Mühe haben wir ihr ja jetzt erspart.

»Der Obduktionsbericht ist noch nicht fertig, aber ich hab schon ein paar interessante Sachen für dich.« Christiane ließ sich auf Inas Bürostuhl fallen. »Du wirst es nicht glauben: Der Magen war leer, der Darm war leer, und die Leiche war ordentlich gewaschen. Deshalb wirkten die Klamotten auch so merkwürdig; jemand anders hat sie ihr angezogen.«

»Todesursache?«, fragte Ina.

»Parathion.« Sie machte eine bedeutungsvolle Pause. »Besser bekannt als E 605.«

Ina stieß einen langgezogenen Pfiff aus. »Kein schöner Tod.«

Christiane nickte. »Es gab keine direkten Spuren von Gewaltanwendung, aber die Leiche ist nach ihrem Tod gewaschen und angezogen worden, und weder an den Pumps noch an den Mantelknöpfen sind Fingerabdrücke. In der Speiseröhre und im Darm waren Giftreste. Vermutlich eine sehr alte Charge; E 605 kommt schon seit langer Zeit blau gefärbt in den Handel, und Farbspuren gab es keine.«

Ina überlegte einen Moment. »Das Gift ist vom Darm nicht komplett resorbiert worden?«

»Richtig«, sagte Christiane. »Die Deggenbach hatte Krebs im Endstadium. Leber und Darm sind voller Metastasen.«

25

»Krebs im Endstadium? Wie lange hätte sie noch gehabt?«

Christiane zuckte die Schultern. »Ein paar Wochen vielleicht. Mit etwas Glück ein paar Monate.«

»Wie schnell hat das Gift bei ihr gewirkt?«

»Genau kann ich das erst sagen, wenn die letzten Labortests fertig sind. Das Gift wirkt über die Leber. Ich gehe davon aus, dass es zu heftigem Erbrechen und Durchfall gekommen ist. Dazu kommen stark vermehrter Speichel- und Tränenfluss, Bronchialkrämpfe, Verlangsamung der Herzfrequenz und schließlich Atemstillstand. Ein qualvoller, grausamer Tod.«

Ina schüttelte sich. »Im Park kann sie also nicht gestorben sein, das steht fest.«

Als Christiane sich gleich darauf verabschiedete, griff Ina sofort zum Telefon und rief Christoph an. »Wie weit seid ihr mit der Wohnung von der Deggenbach?«

»Fast fertig, würde ich sagen. Gibt es noch etwas, worauf wir speziell achten sollten?«

»E 605 oder Spuren davon, Rückstände von Erbrochenem oder Durchfall, verschleimte Taschentücher.« Ina glaubte zu hören, wie Christoph die Nase rümpfte.

»E 605 war es also. Aber ich glaube nicht, dass wir hier welches finden. Wozu sollte die Deggenbach so was brauchen? Sie hat nicht einmal einen Balkon, geschweige denn einen Garten.«

Gut, dass die Handwerker so schnell gekommen sind. Ich glaube zwar nicht, dass die Polizei clever genug ist, an der richtigen Stelle zu suchen, aber wir wollten kein Risiko eingehen. Sonst wären zehn Jahre gemeinsame Arbeit umsonst gewesen. Die Betriebe werden sich darum reißen, unsere Rose vertreiben zu dürfen. Unsere Namen in den berühmtesten Rosenkatalogen der Welt – gefeiert von Experten, beneidet von Vereinskameraden, die uns immer für verschrobene Sonderlinge gehalten haben. Na, die werden sich wundern. Zehn Jahre Geheimniskrämerei machen sich endlich

26

bezahlt. Wenn die Rose hält, was sie verspricht, und daran besteht kein Zweifel, werden wir in der Fachwelt unsterblich sein. Meister, Siebert und Gundorf auf dem Olymp der Rosenzüchter.

Mit einem zufriedenen Lächeln schloss Ina die Tür hinter dem Zeugen, der am Samstagmorgen sehr früh mit seinem Hund auf der Rosenhöhe unterwegs gewesen war.

»Es war eigentlich mehr Zufall, dass ich ins Rosarium gegangen bin«, hatte er gesagt. »Ich habe ein paar Leute unter der Kuppel stehen sehen. Ich bin halt neugierig.« Er hatte verlegen gelächelt.

»Und dann?«

»Da standen ein Mann und eine Frau vor einem Stuhl, und als ich näherkam, habe ich eine Frau in dem Stuhl sitzen sehen. So, wie die da saß, dachte ich mir gleich, dass was nicht stimmt. Jedenfalls machten die anderen gerade Anstalten zu gehen, als sie mich bemerkten. Die Frau hat mich angepfiffen, ob ich nicht das Schild gelesen hätte, dass Hunde nicht gestattet wären. Das sei ein Rosengarten, kein Hundeklo. Ich hab gefragt, ob sie nicht mal den Notarzt rufen wollten. Da hat dann einer ein Handy aus der Tasche geholt.«

Warum sollten sich vier Mitglieder eines Vereins von Rosenliebhabern an einem Samstagmorgen im Oktober um acht im Rosarium treffen? Ina glaubte nicht, dass Meister, Siebert und Gundorf sich von der Deggenbach einfach dahin zitieren ließen, ohne zu wissen, worum es eigentlich ging. Selbst wenn, wäre es ein merkwürdiger Zufall, wenn die drei dann ausgerechnet Deggenbachs frisch gewaschene Leiche dort finden würden. Wie sollte die denn da hinkommen? Von einem geheimnisvollen Mörder im ersten Morgengrauen hierher geschleppt? Da wäre es doch schon wahrscheinlicher, dass die drei die Deggenbach auf dem Gewissen hatten und sie dort absetzen wollten, um sich dann heimlich, still und leise aus dem Staub zu machen. Wenn der Mann mit Hund zuverlässig war, hieß das, die drei wollten verduften, ohne die Polizei zu rufen. Aber was für ein Motiv sollten sie für einen Mord haben? Noch dazu für einen so grausigen?

Die Durchsuchung von Deggenbachs Wohnung hatte keinen Hinweis auf ein Motiv ergeben. Dass sie als Schriftführerin des Rosenvereins den einen oder anderen Tippfehler in den Protokollen gemacht hatte, reichte ja wohl nicht. Sie hatte kein E 605 in der Wohnung, dafür aber reichlich Morphium, mit dem sie ihrem Leben ein leichteres Ende hätte setzen können, wenn das ihre Absicht gewesen wäre. Es waren auch keine Spuren von Erbrochenem oder Durchfall gefunden worden, und es war wohl kaum anzunehmen, dass sie noch das Klo geputzt hatte. Wo also war sie umgebracht worden?

Ina konnte ja nicht einfach die Wohnungen von Meister, Siebert und Gundorf durchsuchen lassen; wenn sie dem Staatsanwalt sagte, die drei hätten die Leiche gefunden und würden sich merkwürdig benehmen, bekam der doch einen Lachanfall. Nein, wenigstens ein Motiv müsste sie ihm präsentieren. Zumindest hatte sie noch die Hoffnung, dass sie das Schließfach finden würden, zu dem die Deggenbach den Schlüssel in ihrem Nachttisch gehabt hatte.

Ina packte den Stapel Unterlagen zusammen, den Christoph aus der Wohnung des Opfers mitgebracht hatte, und machte sich damit auf den Heimweg.

Wenn nur diese verdammten Alpträume nicht wären. Immer wieder diese aufgerissenen Augen, das Würgen, die Krämpfe ... so schlimm hatte ich es mir nicht vorgestellt. Und sie hat sich anfangs nicht einmal gewundert, warum es ihr schlecht ging. Ist noch nicht mal misstrauisch geworden, als ich ihr den Tee mit der zweiten Dosis gegeben und sie getröstet hab, ihre Hand gehalten, beruhigend gemurmelt hab ... Sie hat mir vertraut, verdammt noch mal, sie hat mir tatsächlich vertraut. Aber – Herrgott, ich hab ihr ja auch vertraut, und dann hat sie einfach unsere ganze

Arbeit zunichte gemacht, unseren Traum zerstört, hat die Dokumente gestohlen und unsere Unterschriften gefälscht. Was hat sie sich nur dabei gedacht? Sie muss gewusst haben, dass wir uns das nicht gefallen lassen würden. Welchem Hobbyzüchter gelingt es denn heute noch, eine neue Rosensorte zu züchten? Noch dazu eine, die alles in sich vereint, wonach Liebhaber lechzen? Winterhart, krankheits- und schädlingsresistent, duftend, dauerblühend von Mai bis in den Herbst ... und das alles noch in Gelb!

Wenn nur die Träume nicht wären. Ich drücke ihr die Augen zu, aber sie macht sie immer wieder auf, sie ist ganz klar im Kopf, das sehe ich, sie weiß, was mit ihr passiert, vielleicht weiß sie ja doch, was wir getan haben, was ich getan habe, was – aber waschen konnte ich sie nicht. Ich konnte nicht mal zusehen, so schlecht war mir. Bis zum Schluss hat sie mich angesehen, mit diesen großen Augen, bis ihr die Luft wegblieb.

Was, wenn die Alpträume nicht aufhören?

Ina Dehler saß an ihrem Küchentisch und grübelte über einer Liste mit Namen, die sie bei den Unterlagen des Mordopfers gefunden hatte, einer Liste, auf der auch Christa Deggenbachs Name stand. Die anderen sagten ihr alle nichts; einige schienen französisch oder englisch zu sein. Sie hatte schon einen Blick ins Telefonbuch geworfen, aber auch das hatte ihr nicht weitergeholfen.

»Interessierst du dich jetzt doch für Rosen?«, sagte eine Stimme hinter ihr.

Ina fuhr herum. Ihre Freundin Katharina hatte sich von hinten angeschlichen.

»Musst du mich so erschrecken?«, knurrte Ina. »Und die Liste geht dich gar nichts an.«

Katharina zuckte die Schultern. »Ich dachte nur, du wärst auf den Geschmack gekommen. Sind ein paar sehr hübsche Sorten dabei.«

»Was?«

29

»Rosensorten. Willst du mir erzählen, du studierst eine Liste mit Rosennamen und weißt nicht, was du vor dir hast?« Katharina zeigte mit dem Finger auf die Liste. »Hier: Karl Foerster, Bengt M. Schalin, Marguerite Hilling, Birdie Blye, das sind alles Rosen.«

»Rosen?«, echote Ina. »Rosen. Ich glaube – entschuldige, ich muss los.« Sie stürmte mit der Liste zur Tür hinaus.

Auf dem Weg ins Büro rief Christoph bereits an. »Wir haben endlich das Schließfach gefunden. Es enthält jede Menge Zeug, das sehr stark nach Biologie aussieht.« Christoph hüstelte verlegen. »Na ja, ich habe es einem Schulfreund gezeigt, der Biologe ist, und der sagte, es wäre eine Dokumentation über das Züchten einer neuen Rosensorte. Sehr ausführlich. Und rate mal, wer da gezüchtet hat – Meister, Siebert und Gundorf.«

»Und die Deggenbach hat die Rose unter ihrem Namen eintragen lassen, stimmt's?«

»Fast. Als Züchter sind die drei anderen angegeben, aber die Rose heißt Christa Deggenbach.«

»Hat dein Schulfreund noch was gesagt?«

»Dass man mit einer solchen Züchtung, wenn sie erfolgreich ist, ein Stückchen Unsterblichkeit erlangt.«

Ganz ruhig bleiben. Sie können uns nichts nachweisen. Wir müssen nur alle dasselbe sagen. Ich hab schon so oft dasselbe gesagt.

Sie steht schon wieder vor der Tür. Wieso kann diese grässliche Frau nicht endlich Ruhe geben? Seit sie mir gesagt hat, dass Christa Krebs hatte, verstehe ich wenigstens, warum sie es getan hat. Aber warum lässt die Polizei uns nicht in Ruhe? Christa hätte doch sowieso nicht mehr lang gelebt. Und sie hat doch erreicht, was sie wollte, die Rose trägt ihren Namen. Den unwürdigen, fantasielosen, ordinären Namen einer unbedeutenden Frau. Sie hat uns alles weggenommen, zählt das denn gar nicht? Ich mache die Tür nicht auf. Ich stelle die Klingel ab. Ich will mit dieser Frau nicht mehr reden.

»Wir wissen, wer es gewesen ist«, erzählte Ina dem Kriminaldirektor, ihrem Vorgesetzten. »Wir können es nur noch nicht beweisen. Als wir das Motiv hatten, haben wir auch die Genehmigung für die Haussuchungen bekommen.«

»Und?«

»Bei Siebert und Meister nichts, und Gundorf hat ganz zufällig in der Woche nach dem Mord ein neues Bad bekommen. Wir haben versucht, die alte Badewanne ausfindig zu machen, aber die war schon auf der Deponie. Vielleicht haben wir dort Glück und finden sie. Die Sanitärfirma sagt, Gundorf hat kurzfristig angerufen und gedrängelt. Aber ich kann ihn ja nicht einsperren, weil er sich ein neues Bad machen lässt. Außerdem bin ich sicher, dass die beiden anderen dabei waren. Eines Tages werde ich die drei auch kriegen. Ich werde sie in Zukunft regelmäßig daran erinnern, dass Mord nicht verjährt.«

Früher oder später würde sie das schwächste Glied in der Kette finden. Sie würde immer wieder unangemeldet bei den Dreien vorbeischauen, mal zu Hause, mal im Garten, vielleicht auch auf der Arbeit. Dann war es nur noch eine Frage der Zeit, bis einer von ihnen die Nerven verlor und plauderte. Die meisten Leute stellen sich das Morden zu leicht vor, dachte Ina. Aber es verfolgt sie, lässt sie nicht mehr los. Viele werden ihr Leben lang von Alpträumen verfolgt und sind erleichtert, wenn die Polizei sie fasst und sie sich endlich alles von der Seele reden können.

Wie hieß die Inschrift in dem Armband doch noch, das sie von ihrer Großmutter geerbt hatte?

Geduld bringt Rosen.

An die Töpfe, fertig, tot

»Scheißstau«, fluchte ich, zerrte mir den Mantel vom Leib und eilte ins Wohnzimmer, um den Fernseher einzuschalten.

Trotz gründlicher Planung hatte ich vergessen, den Video-rekorder zu programmieren. Aber kein Grund zur Panik – ich kam gerade noch rechtzeitig zu »Bunsenbäcks Leckereien« und konnte sogar noch eine Kassette einwerfen und den Aufnahmeknopf drücken.

Die beliebte Kochsendung wurde montags bis freitags im Spät-nachmittagsprogramm von Kabel24 gesendet, wo sie ihren Platz tapfer gegen Talkshows mit so interessanten Themen wie »Du hast mich schwul gemacht« behauptete.

Freitags wurde immer live gesendet, und der Gastgeber, Jour-nalist und Fernsehmoderator Arnfried Bunsenbäck, kochte dann mit einem Überraschungsgast, dessen Namen und ausgewählte Gerichte man ihm angeblich vorher nicht mitgeteilt hatte. Mir war zwar nicht klar, wie seine Crew ihm die Vorbereitungen für eine gefüllte Pute oder einen Schmorbraten verheimlichen konnte – Gerichte, die sich alle nicht in einer Stunde zubereiten ließen –, aber so ist eben das Fernsehen.

»Und heute, meine lieben Gourmets und Gourmands«, näselte der Moderator mit seinem typischen Augenzwinkern, »haben wir einen ganz besonderen Leckerbissen für Sie: Haben Sie sich nicht auch immer wieder gefragt, wer sich hinter dem Namen verbirgt, der wie kein anderer für bodenständige Rezepte steht? Wir ...«

33

»Bodenständige Rezepte?«, schrie ich auf.

Bunsenbäck plapperte im Hintergrund weiter und lächelte süffisant.

Wenn dieser aufgeblasene Windbeutel »bodenständig« sagte, klang es wie »provinziell und hausbacken«. Und genauso meinte es dieser hinterhältige Pseudogourmet auch.

»… und tatsächlich ist es uns gelungen, ihn zu uns in die Sendung zu locken: Heute zeigt er sich zum ersten Mal in der Öffentlichkeit und gibt seine lange gehütete Identität preis. Meine Damen und Herren, begrüßen Sie mit mir – Gero Weitershausen!«

Das Publikum johlte und trampelte. Ich machte mir deswegen keine Illusionen; sicher stand irgendwo so ein Hilfsdepp herum, der ein Schild mit »Johlen und Trampeln« hochhielt. Der Nachwuchskochbuchautor, ein großer, schlaksiger Bartträger in schwarzen Lederhosen, kam scheu ins Blickfeld der Kamera.

Scheu war er von Natur aus, deshalb hatte ich ihn ja ausgesucht. Einer, der kaum Freunde hatte und nicht viel redete. Genau der Typ, der zum Image des publicityscheuen Kochbuchautors und Kolumnisten passte.

Wenn Bunsenbäck gewusst hätte, dass der Lederhosenträger in seinem Studio gar nicht der war, der er zu sein vorgab, wenn er geahnt hätte, wer sich hinter dem Pseudonym wirklich verbarg, wäre ihm das Kichern wohl vergangen. Vielleicht hätte er aber auch über mich gelacht. Wie er es schon mein ganzes Leben lang tat.

Mist, jetzt hatte ich doch glatt ein paar Sätze verpasst.

»Zur Feier des Tages habe ich uns etwas ganz Besonderes mitgebracht«, sagte die Lederhose gerade. »Indische Gewürztörtchen. Das Rezept ist schon uralt. Du weißt schon, Opfergaben und so.«

Bunsenbäck machte große Augen. Ich hatte doch gewusst, dass ich ihn damit kriegen wurde. Meine Hände wurden feucht.

»Indische Gewürztörtchen?«, vergewisserte er sich und warf einen suchenden Blick in die Runde. Vermutlich vermisste er das Schild, auf dem »Gewürztörtchen« stand.

34

»Genau. Ich weiß ja, dass du ein Faible für Exotisches hast«, sagte die Lederhose.

Wie lange hatte ich mit ihm geübt, bis er das Wort »Faible« richtig aussprach. Die Mühe hatte sich gelohnt.

»Da habe ich mir gedacht«, fuhr er zögernd fort, »ich bringe uns welche mit. Zum Nachtisch.«

Das mit dem Nachtisch hatte ich ihm hundertmal eingeschärft; schließlich wollte ich nicht, dass die Sendung vorzeitig abgebrochen und das Programm geändert werden musste.

»Und was ist da drin?« Bunsenbäck sah so gierig aus, als wurde er gleich zu sabbern anfangen.

Die Lederhose räusperte sich. »Eine wunderbare Gewürzmischung, die dem letzten Maharadscha von Schießmichtot gewidmet ist; ich kann mir den Namen nicht merken.«

Stimmt. Er hatte mich mit dieser Unfähigkeit fast in den Wahnsinn getrieben, bis ich auf die glorreiche Idee kam, er könne damit auch kokettieren.

»Du hast uns doch sicher auch das Rezept mitgebracht?«, gierte Bunsenbäck. Wahrscheinlich stellte er sich schon vor, wie er das ganze, leicht abgewandelt, als eigene Kreation auf den Markt warf und damit ein Vermögen verdiente. Das hatte er schon oft mit der Arbeit anderer Leute getan. Mit meiner zum Beispiel.

Die Lederhose schüttelte bedauernd den Kopf. »Mein lieber Freund«, sagte er gönnerhaft. Jetzt trug er aber wirklich zu dick auf! »Ich musste bei meinem Leben schwören, dass ich das Rezept nicht weitergeben würde. Das Geheimnis werde ich mit ins Grab nehmen.«

Das Grab war ihm näher, als er ahnte. Ich konnte nur hoffen, dass er auch mein Geheimnis mit hineinnehmen würde.

»Aber wenigstens einen kleinen Hinweis?«, bohrte Bunsenbäck und nahm einen kräftigen Schluck aus seinem Wasserglas. Ich nahm an, er hatte wieder Wodka darin; so was sprach sich in der Branche rum.

»Na gut.« Die Lederhose ließ sich breitschlagen. »Piment, Koriander, ein wenig Kreuzkümmel, eine Prise Muskat, Safran ...« Seine Stimme verlor sich in träumerischem Flüstern. Ob in seinem Glas etwa auch Wodka war anstatt Wasser?

»Ich liebe Safran«, flötete Bunsenbäck in die Kamera. »Ich kann gar nicht genug davon kriegen.«

O doch, mein Lieber, das kannst du, dachte ich vergnügt. Wart's nur ab.

»Wusstest du, dass Safran in größeren Mengen ein Abtreibungsmittel ist?«, fragte die Lederhose.

»Wirklich?« Bunsenbäck riss die Augen auf und trank sein halbvolles Wasserglas in einem Zug aus. »Na, wie gut, dass ich nicht schwanger bin!« Er kicherte.

O Gott, jetzt fing der angebliche Gero auch noch an zu improvisieren! Ich wischte mir den Schweiß von der Stirn. Das mit dem Abtreibungsmittel stand nicht in meinem Drehbuch; vielleicht hätte ich ihm das nicht erzählen sollen. Nicht, dass er noch jemanden auf dumme Gedanken brachte. Die Prozedur war nicht nur teuer, sondern auch lebensgefährlich, mit entsetzlichen Schmerzen verbunden und hinterließ Spuren fürs Leben. Selbst eine erzkatholische Beratungsstelle wäre da ein kleineres Übel.

Während Bunsenbäck mit seinen Kenntnissen über Gewürze und mit seinem Currygulasch prahlte, beugte sich die Lederhose über ein Backblech und rollte Teig aus.

Nach einem schier endlosen Monolog über den Metzger seines Vertrauens, seine Lieblingsgemüsefrau und seinen ganz persönlichen Inder, der ihm seine ganz persönliche Currymischung zusammenstellte – »feuriger Bunsenbäck, sozusagen« – widmete der Meister seine Aufmerksamkeit unvermutet dem Backblech. Die Lederhose war in der Zwischenzeit mit dem Belegen fertig und hatte sogar schon den Wurstsalat angemacht.

»Ist das eine deiner ländlichen Kostbarkeiten?«, säuselte Bunsenbäck gehässig, als er sich über den Speckkuchen beugte. Eigentlich

36

lallte er inzwischen mehr, als dass er säuselte, und sein Kochpartner brummte etwas, das sich wie »Wos host g'sogt?« anhörte.

Ich hielt den Atem an. Die Lederhose würde doch nicht etwa aus der Rolle fallen und kurz vor Schluss noch alles verderben? Zu meiner Erleichterung beugte er sich über ein Brett und hackte schweigend Knoblauch für den Petersiliensalat.

Meine Güte, jetzt kam auch noch eine Werbeunterbrechung! Meine Nerven wurden wirklich aufs Äußerste strapaziert. Hoffentlich machte mein Double in der Zwischenzeit keinen Unfug. Ich blieb sitzen und sah mir eine Reihe schwachsinniger Werbespots an, in denen unentbehrliche Küchenhelfer angepriesen wurden.

Na endlich, es ging weiter! Gerade zog die Lederhose ein Blech mit brutzelndem Speckkuchen aus dem Ofen, und Bunsenbäck verteilte ein Currygulasch, für das er während der ganzen Sendung keinen Finger krumm gemacht hatte, auf Teller.

Es wurde gegenseitig probiert, das Publikum sagte abwechselnd »Aaaahhhh« und »Oooohhhhhh« und »Mmmhmmmmmm«, was vermutlich davon abhing, welche Tafeln die Hilfsdeppen hochhielten. Alle sahen zufrieden aus. Ich kaute an meinen Nägeln.

Dann bissen beide in ihre Törtchen.

Bunsenbäck hatte sich seine Geschmacksnerven sowieso mit Alkohol ruiniert und würde erst mal nichts bemerken, und die Lederhose dachte, dass es um einen harmlosen Scherz ging, und machte gute Miene zum schlechten Geschmack. So lange, bis es zu spät war, hoffte ich. Als die Sendung ausgeblendet wurde, kauten beide immer noch mit vollen Backen und lächelten mit feuerroten Gesichtern verkrampft in die Kamera.

Ich dachte kurz darüber nach, ob ich wenigstens für die Beerdigung der Lederhose aufkommen sollte. Aber ich wollte keine Spuren hinterlassen. Das Risiko war zu groß.

Apropos Spuren: Der Einzige, der meine wahre Identität kannte, war mein Agent. Und dem hatte ich vorhin ein Gewürztörtchen vorbeigebracht.

Kalt erwischt auf Orkney

Die Orkneys sind ein friedlicher Ort. Kaum zu glauben, wenn man die blutige Geschichte der Inseln kennt. Die Menschen hier schließen ihre Türen nicht ab, wenn sie aus dem Haus gehen, und das einzige Graffiti, das ich bisher auf der Insel gesehen habe, stand in großen gelben Buchstaben auf einer Steinmauer im Zentrum von Stromness: *Parken verboten.*

Seit langer Zeit schon verbringe ich die Hälfte des Jahres hier auf der Hauptinsel in meinem Cottage. Anfang April reise ich an, und Ende September packe ich wieder meine Koffer. Ich kann überall arbeiten, wo es Strom für den Laptop und einen Telefonanschluss für das Modem gibt. Schließlich sieht man einem Liebesroman nicht an, dass die Autorin in einen dicken Pullover gehüllt war, als sie die feurige Liebesszene am Tropenstrand schrieb.

In diesem Jahr war ich gleich bei meiner Ankunft in Stromness mit Neuigkeiten begrüßt worden. Kaum hatte ich die Fähre verlassen, erzählte mir auch schon jemand von meinem neuen Nachbarn oder was man hier auf dem Land so Nachbar nennt. Das leerstehende Haus fünfhundert Meter von mir entfernt die Straße rauf hatte einen neuen Besitzer, einen Deutschen. Zum Tratsch und Klatsch gab es noch ein paar freundliche Worte über das Wetter. Als Neuling muss man sich dabei erst an die Regeln gewöhnen: Was bei den Orcadians noch als »laues Lüftchen« durchgeht, gilt bei Landratten gewöhnlich als ausgewachsener Sturm.

Nach ein paar Tagen hatte ich mich im Cottage eingelebt: Das Telefon funktionierte, die Milch wurde jeden Morgen geliefert, und ich hatte mich auch schon wieder ans Kohleschleppen und Feuermachen gewöhnt. Nicht, dass Sie meinen, auf den Orkneys sei Zentralheizung unbekannt – das Cottage war bloß nicht auf dem modernsten Stand. Dafür höre ich morgens früh, wenn ich aus dem Haus komme, den Atlantik an die Felsen der Westküste brausen. Da kann das Gluckern einer Zentralheizung doch nicht mithalten, oder?

Jeden Tag lief ich auf meinem Weg zur Bay of Skaill am Haus meines neuen Nachbarn vorbei, der sich aber nie sehen ließ. Auf Orkney kennt man seine Nachbarn normalerweise, und dass dieser keine Anstalten machte, sich vorzustellen, schürte meine Neugier ebenso wie mein Misstrauen. Wovon lebte der Mann eigentlich? Graste er nachts die Wiese vor dem Haus ab?

»Rieke?«, hörte ich eines Morgens eine Stimme hinter mir. »Rieke, warte doch mal!« Ich blieb wie angewurzelt stehen. Diese Stimme würde ich überall wiedererkennen, sogar im Sarg.

»Robert?« Ich drehte mich langsam um.

Er sprang über die hüfthohe Trockenmauer, die das Anwesen umgab. Es war ein beeindruckendes Bild; vielleicht konnte ich das ja mal in einem Buch verwenden?

»Ich wusste doch, dass du das bist.« Eine warme, feste Umarmung ließ meine Knie weich werden. Robert Berger, der Bruder meiner besten Freundin Sylvia – meiner verstorbenen besten Freundin.

»Wohnst du jetzt hier?«, fragte ich.

Er schüttelte den Kopf. »Mein Vater hat das Haus gekauft. Ich bin nur zu Besuch.« Er musterte mich von oben bis unten, von den windzerzausten Haaren über den doppeltgestrickten Patentpullover unter der Regenjacke über die Jeans bis zu den festen Schuhen. Gut, dass er die langen Unterhosen darunter nicht sehen konnte; wäre mir irgendwie peinlich gewesen.

40

»Willst du nicht reinkommen?«, fragte er.

»Eigentlich war ich auf dem Weg zur Bucht.« Ich zögerte. »Vielleicht möchtest du ja mitkommen?«

Er nickte. »Ich hole nur meine Regenjacke.«

Daraus schloss ich, dass er nicht zum ersten Mal auf der Insel war. Noch war der Himmel blau, aber das konnte sich hier unglaublich schnell ändern.

Schweigend gingen wir auf dem Feldweg den Hügel hinauf. Für die Jungbullen auf den Weiden waren wir die Attraktion des Tages: Herdenweise erhoben sie sich, um uns ein paar Meter am Zaun entlang zu begleiten.

»Hast du schon von dem Literaturfestival gehört, das in den nächsten Tagen stattfindet?«, fragte Robert, als wir den Hügel erklommen hatten.

Natürlich hatte ich das. Schließlich bekam ich jeden Donnerstag *The Orcadian* und war darüber informiert, was auf den Inseln los war. Das Festival wurde zur Erinnerung an George Mackay Brown veranstaltet, den bekanntesten Schriftsteller der Orkneys, der 1996 gestorben war.

Sogar das deutsche Fernsehen bemühte sich in die Hauptstadt Kirkwall: Der Privatsender Kabel24 wollte sein berüchtigtes Literaturterzett unter Leitung der Professorin Justine Bernhardt schicken, das einer ähnlichen Kritikerrunde in den Öffentlich-Rechtlichen Konkurrenz machte. An dieser Stelle hatte ich die Zeitung zusammengeknüllt und in den Ofen geworfen. Ein Wikingerbegräbnis bei lebendigem Leibe, das hätten sie verdient, diese drei Ungeheuer!

»Ich habe davon gelesen«, sagte ich schließlich. Ich sah auf den Horizont, wo sich der Himmel mit dem Atlantischen Ozean vermischte. Wäre ein brennendes Schiff nicht ein interessanter Farbkontrast in diesem endlosen Blaugrau? Von meinen wilden Mordphantasien sollte ich wohl besser nichts erzählen. Dachte ich wenigstens.

41

Robert nahm meine Hand. Grundsätzlich begrüßte ich diese Geste sehr, fürchtete aber in dem speziellen Fall, daß sie eher therapeutischen Ursprungs war. »Rieke, wir müssen doch irgendwann mal darüber reden.«

Du lieber Himmel! War er etwa auch einer von denen geworden, die immer über alles reden wollten? Ich setzte mich in Bewegung, vorsichtig den schmalen Weg zwischen den Weiden hinunter, in den die Traktorreifen tiefe Furchen gegraben hatten.

Er stolperte hinter mir her. Ich ließ ihm die Hand, aber ich blieb nicht stehen, auch nicht, als wir schließlich wieder eine asphaltierte Straße erreicht hatten. Wenn er unbedingt meine Hand halten wollte, sollte er ruhig merken, dass alles seinen Preis hat. Immer länger wurden meine Schritte, immer schneller ihre Abfolge; ich widmete nicht einmal dem Friedhof einen Blick, den ich sonst immer besuchte.Ich lief und lief und lief, den schnaufenden Robert im Schlepptau, bis ich an der Bay of Skaill angekommen war, wo das Wasser den Strand überspült hatte und an die großen, rund geschliffenen Steine der Böschung schäumte. Der Wind hatte zugelegt und kühlte meine erhitzten Wangen.

Robert ließ sich neben mir auf die Bank fallen. »Zwischen uns beiden ist noch etwas offen«, keuchte er.

Es war dieses eher unsportliche Keuchen, nicht das andere. Na ja, Sie wissen schon. Aber es stimmte. Da war noch etwas offen. Wir waren nämlich gerade dabei gewesen, uns in die heißeste Liebesaffäre zu stürzen, die das Universum je gesehen hatte, als –

»Es sind fast zehn Jahre vergangen, seit Sylvia sich umgebracht hat«, fuhr er fort. »Wie viele brauchst du denn noch, bis du mit mir darüber redest?«

Ich wollte nicht über Sylvia reden. Was würde das schon ändern? Meine begabte Freundin Sylvia, die den großen Roman ihres Lebens geschrieben hatte. Die auf den Durchbruch hoffte, endlich ernst genommen werden wollte, ihre ganze Energie in dieses Werk hatte fließen lassen.

42

Das Literaturterzett hatte ihr Buch gnadenlos zerrissen, hatte sie auf eine Stufe mit Courts-Mahler und Cartland gestellt, es als Lesefutter für eine des Denkens entwöhnte Massenleserschaft gebrandmarkt. Das hatte Sylvia nicht verkraftet.

Für mich war es schwer gewesen, mit ihrer Verzweiflung umzugehen. Große literarische Ambitionen hatte ich nämlich nie; ich komme aus einer armen Familie und interessiere mich mehr für Auflagenstärke und Umsatzbeteiligung. Eines meiner Bücher anzufassen ist für einen Literaturkritiker vermutlich so ähnlich wie in Hundekacke zu treten. Man ist peinlich berührt und tut so, als wäre nichts passiert.

»Ich weiß jetzt, warum die drei Sylvia das angetan haben.« Robert hielt immer noch meine Hand. Die andere war mittlerweile eiskalt geworden.

»Aus reiner Bosheit, wie üblich, oder?« Ich spürte Salz auf meinen Lippen. Seewasser, nahm ich an.

»Oh nein«, erwiderte er. »Die menschlichen Instinkte sind noch viel niedriger. Es war der Kampf der Wölfinnen um den Alpha-Rang. Bernhardts Mann hatte sich von ihr getrennt und lebte mit Sylvias Verlegerin zusammen. Und deshalb wollte die Bernhardt den Verlag ruinieren.«

»Das war der Grund?« Und diese eingebildete Literaturziege sah auf meine Romane herab! Dabei ging es in ihrem Leben noch viel trivialer zu!

Robert nickte. »Und jetzt rechnen wir mit ihr ab. Kann ich auf dich zählen?«

Rachefeldzüge gehören eigentlich nicht in mein Metier, aber vielleicht würden wir alle danach endlich zur Ruhe kommen. Ich räusperte mich. »Ich bin dabei.«

Rache, habe ich einmal gelesen, ist eine Speise, die Leute mit Verstand kalt genießen. Vor zehn Jahren hätte ich dem Plan von Roberts Vater sicher zugestimmt; heute wollte ich, dass Justine

43

Bernhardt am Leben blieb und jeden Tag ihres erbärmlichen Lebens litt. Ich hatte einen Vorschlag, der weit raffinierter war, als den Mitgliedern des Terzetts die Gurgel durchzuschneiden und sie samt einem Bekennerbrief auf den Altar der St.-Magnus-Kathedrale in Kirkwall zu schichten. Schließlich hatte ich nicht die geringste Lust, im Knast zu landen.

In dem ganzen Tohuwabohu, das in Frau Professor Bernhardts Hotel am letzten Festivaltag herrschte, gelang es mir, unbemerkt in ihr Zimmer einzudringen und ein paar verwendbare Dinge mitgehen zu lassen. Robert nutzte in der Zwischenzeit den Riesenandrang bei der Autovermietung, um den Zweitschlüssel für ihren Mietwagen an sich zu bringen. Er brauchte ja nur irgendwo mit seinem Presseausweis zu wedeln, und schon hatte er praktisch Narrenfreiheit.

Die einzige Schwachstelle in unserem Plan war Roberts Vater.

»Mein Vater flippt aus«, sagte er am Morgen unseres ersten Aktionstages. »Der dreht völlig durch. Er ist ganz versessen darauf, der Bernhardt den Garaus zu machen. Gestern Morgen wollte er sie noch in eines der Steinbetten in Skara Brae legen, und gestern Abend hat er was davon erzählt, sie in der Mitte des Ring of Brodgar bei lebendigem Leib auszuweiden.«

Der Altar von St. Magnus war anscheinend nicht mehr im Gespräch. Das beruhigte mich irgendwie. Schließlich war in dieser Kirche ein ständiges Kommen und Gehen.

Robert sah wirklich besorgt aus. »Er hat in letzter Zeit nur noch in der Orkney-Saga gelesen. Bevor ich vorhin ging, hat er mich gefragt, was ich von einer Verbrennung auf einem Wikingerschiff halte.«

Der Gedanke war mir auch nicht fremd, aber es war doch nicht das, was mir für die Bernhardt vorschwebte. »Wir sollten deinem Vater ein Beruhigungsmittel verpassen, damit er uns nicht in die Quere kommt. Eine andere Möglichkeit sehe ich nicht. Du etwa?«

44

Robert schüttelte energisch den Kopf. Schon der Versuch, die Bernhardt umzubringen, würde unseren ganzen schönen Plan verderben.

Also mischten wir an diesem Abend Schlafmittel ins Essen von Herrn Berger senior und fuhren nach Kirkwall, um unser erstes Opfer aufs Korn zu nehmen.

Im Hotel gesellten wir uns zu den Festivalgästen, die eine Party feierten. Es fiel Robert nicht schwer, Frau Professor Bernhardt nach einer angemessenen Frist auf ihr Zimmer zu locken; schließlich hatte sie bekanntermaßen eine Schwäche für die Herren der Schöpfung – sofern es sich nicht um Autoren handelte, die sich auf diese Weise ihrer Gunst versichern wollten. Sie sah nicht übel aus; mit Anfang Vierzig war sie ja auch in einem Alter, wo für viele Frauen der Spaß am Leben erst so richtig beginnt. Nur ihr arroganter Gesichtsausdruck ...

So richtig begeistert war ich jedenfalls nicht, als ich Robert mit ihr den Raum verlassen sah. Hoffentlich konnte er ihr rechtzeitig das Schlafmittel in den Drink mischen, bevor – na, Sie wissen schon. Oder glauben Sie etwa, dass sie ihn mitnahm, um mit ihm den Blick aus ihrem Fenster auf den Hafen zu genießen?

Ich sollte mich in der Zwischenzeit an Detlef Mergentheim heranmachen, einen von Bernhardts Mitkritikern. Nicht, dass Mergentheim oder die Dritte im Bunde wirklich etwas zu sagen gehabt hätten; sie waren mehr oder weniger als Stichwortgeber programmiert. Während Mergentheim jedoch immer etwas unglücklich wirkte, ergötzte sich seine Kollegin offensichtlich sehr an den Verrissen.

Ich suchte die ganze Partygesellschaft ab, aber Mergentheim war nirgends zu finden.

»Haben Sie vielleicht Frau Professor Bernhardt gesehen?«, fragte mich eine Dame vom Organisationskomitee.

Wie leicht einem manchmal doch die Lügen über die Lippen gehen. »Sie hat sich doch gerade noch sehr angeregt mit Herrn

Mergentheim übers Forellenfischen unterhalten. Ich glaube –« Ich sah mich suchend um. »Wahrscheinlich sind sie rausgegangen.« Forellenfischen, das war noch so was. Bestimmt wäre die Bernhardt mit ihrem Sender überhaupt nicht hier aufgetaucht, wenn nicht gerade die Forellensaison begonnen hätte.

»Frau Professor Bernhardt ist mit Herrn Mergentheim unterwegs«, hörte ich die Dame die Nachricht weiterverbreiten. Gut so. Spätestens in zwei Stunden wären einige bereit zu beeiden, dass sie gesehen hatten, wie die beiden zusammen weggegangen waren.

Mergentheim war in einem kleineren Hotel in einer der Nebenstraßen untergebracht, und ich setzte mich unauffällig ab, um zu sehen, ob er sich vielleicht in seinem Zimmer aufhielt. So ein Hotel im Familienbesitz hat den Vorteil, dass nicht dauernd ein Wachhund an der Rezeption steht.

Die Zimmertür war nicht ganz geschlossen; ich klopfte leise an und ging hinein. Anscheinend war schon vor mir jemand zu Besuch gewesen: jedenfalls glaubte ich nicht, dass Mergentheim sich das große Messer selbst in die Brust gestoßen hatte.

Ich weiß nicht, wie lange ich ratlos im Zimmer gestanden hatte, als sich plötzlich von hinten eine Hand auf meinen Mund legte.

»Pst.«

Erschrocken zog ich die Luft durch die Nase ein, um mich für einen kräftigen Tritt nach hinten zu rüsten, als ich meinen Lieblingsgeruch wahrnahm. Robert.

»Hmpfhmp«, sagte ich.

»Was ist?«, zischte er. Dann nahm er die Hand von meinem Mund. »Bei mir lief alles glatt. Sie schläft wie ein Murmeltier.«

Ich atmete tief durch. »Mergentheim war schon tot, als ich kam. Er hat ein Messer in der Brust.«

»Das sehe ich.«

»Wer könnte das gewesen sein?«, murmelte ich, irgendwie erleichtert, dass uns jemand die Arbeit abgenommen hatte.

Robert trat näher an das Bett und betrachtete die Leiche. Er ließ

46

den Kopf hängen. »Das Messer!«, sagte er schließlich. »Das Messer gehört meinem Vater.«

»Scheiße«, knurrte ich. Wie zum Teufel konnte das passieren? Und was konnten wir unternehmen, damit es so aussah, als ob ...

Mir kam eine glänzende Idee. Vielleicht konnten wir zwei Fliegen mit einer Klappe schlagen!

»Hauptsache, der Kerl ist tot. Wir ziehen das Messer raus und stecken was anderes rein.«

Robert überlegte nicht lange. »Die Angelrute von der Bernhardt«, sagte er. »Geh zurück ins Hotel, brich ein Stück davon ab und bring es mit.«

Das mag Ihnen alles recht merkwürdig vorkommen, aber es gibt Momente im Leben, da macht man die skurrilsten Dinge, ohne weiter nachzufragen.

Ich trabte also wieder zurück zu Bernhardts Hotel. Während ich durch den Hintereingang in den zweiten Stock schlich, kam mir ein grässlicher Gedanke: Wenn Roberts Vater aus irgendeinem Grund nicht den Schlaf der Gerechten schlief, sondern wie der Racheengel persönlich durch die Hotels zog, hatte er sich vielleicht auch schon bis zu Frau Professor Bernhardt vorgemordet?

Mit zitternden Fingern öffnete ich die Tür zu ihrem Zimmer. Die Bernhardt lag noch so, wie Robert sie verlassen hatte, aber am Fußende des Bettes saß – Roberts Vater und heulte wie ein Schlosshund.

»Sie ist tot. Ich kann sie nicht mehr umbringen, sie ist schon tot!« Er fuchtelte wild mit einem Messer herum.

Zum ersten Mal in meinem Leben wünschte ich mir, ich würde Actionkrimis schreiben; dann wäre ich vielleicht auf solche Situationen besser vorbereitet.

Ich trat vorsichtig an das Hotelbett heran. Die Bernhardt atmete noch; ganz flach, aber sie atmete. Ich wollte schon erleichtert aufseufzen, aber vielleicht wäre es besser, Herrn Berger in dem Glauben zu lassen, er sei zu spät gekommen. Warum er allerdings auf die Schlafmittel nicht angesprochen hatte, war mir ein Rätsel. Ich musterte den drahtigen alten Mann. Vielleicht nahm er selbst schon seit längerem welche ein und war gegen meine Dosis immun? Jedenfalls hatte er mittlerweile mit dem Heulen aufgehört und lächelte selig.

»Was ist mit der anderen Frau?«, fragte ich.

»Mausetot«, lallte er glücklich und zog einen Flachmann aus der Hosentasche. »Mausemausetot.« Er kippte zur Seite und fing Sekundenbruchteile später an, laut zu schnarchen.

Na ja. Immerhin hatte ich erst mal ein Problem weniger.

Ich brauchte viel zu lange mit der Angelrute (ein verdammt stabiles Biest). Als ich wieder hinunter kam, wartete Robert bereits auf mich.

»Ich hab ihn schon im Kofferraum. Die andere blöde Ziege ist übrigens auch hin.« Seine Stimme klang entnervt. »Ich war gerade in ihrem Zimmer. Wieder erstochen. Wieder ein Messer von meinem Vater. Ich hab sie mit einem Gürtel von der Bernhardt verschnürt und gleich mitgenommen.«

Die ganze Sache artete langsam in Stress aus. Ich hatte mir das eigentlich etwas gemächlicher vorgestellt. Und wie leicht kann man in der Hektik etwas Wichtiges übersehen!

Roberts Vater mussten wir auch noch ins Auto packen; undenkbar, wenn er aufwachte und unserer sorgsam gehüteten Professorin etwas antat! Am liebsten hätte ich ihn mit zu den beiden Leichen in den Kofferraum gesteckt, aber was bekommt man heute noch in den Kofferraum einer modernen Limousine? Nicht genug, das kann ich Ihnen versichern. Roberts Vater wurde auf den Rücksitz seines Wagens verfrachtet, und ich machte mich mit ihm auf den Weg zu mir nach Hause. Robert folgte mit den Leichen im Leihwagen der Professorin.

Es wurde eine lange, anstrengende Nacht. Zum Glück waren die Nächte im April noch nicht so hell, und der Wind hatte gedreht.

48

Er trieb jetzt dicke, dunkle Wolken von der Nordsee über die Insel. Auf unserem Weg zur Westküste begegnete uns niemand. Robert maulte die ganze Zeit, weil er einen Pullover von der Bernhardt anhaben musste und der so kratzte.

Sie meinen, es sei alles andere als romantisch, eine Leiche zu den Klippen zu tragen und sie hinunterzuschubsen? Wenn dabei der Mond scheint, das Wasser an die Felsen rauscht und der andere Leichenträger Ihr Herz höher schlagen lässt, können Sie der Sache vielleicht auch etwas abgewinnen.

Aber so mickrig Detlef Mergentheim im Leben auch gewirkt hatte, tot war er eine ziemliche Last gewesen. Wir hatten ihn unweit des Brough of Birsay ins Wasser fallen lassen, an der Nordwestspitze der Insel; Marwick Head wäre näher gewesen, aber wir wollten die Bewohner des Vogelschutzgebietes nicht aufscheuchen.

»Lass mich das machen«, sagte Robert, als wir mit Bernhardts Wagen auf dem Parkplatz hielten, von dem aus man Yesnaby Castle erreichte. Er öffnete den Kofferraum und legte sich die Leiche von Apollonia Müller-Burmanscheid über die Schultern. Zum Glück war sie nicht so schwer, wie der Name vermuten ließ. Der arme Robert musste sich sowie schon genug abmühen, weil Bernhardts Gummistiefel ihm zu klein waren.

»Hoffentlich trete ich nicht auf die Primeln«, sagte Robert. Ich bewunderte seine Umsicht – schließlich gab es nur wenige Plätze auf der Welt, an denen Primula scotia wuchs. Er schaltete die kleine Stirnlampe ein, die mit Müh und Not den halben Meter vor seinen Füßen in schummriges Licht tauchte, und machte sich auf. Meine Augen schmerzten bald von der Anstrengung, Roberts Weg zu verfolgen. Ab und zu glaubte ich, einen Schatten zu erkennen, aber sicher war ich mir nicht.

Das Nächste, was ich spürte, waren kalte, weiche Lippen auf meinen. Verwirrt blinzelte ich in das Licht von Roberts Stirnlampe.

»Ich muss eingeschlafen sein«, murmelte ich verlegen.

»Das hätte ich jetzt nicht gedacht.« Sein Zeigefinger fuhr sehr langsam die Konturen meiner Nase nach. Die Berührung war so zart wie von einem Pinsel. Ich spürte ganz plötzlich mein Herz zwischen den großen Zehen pulsieren.

»Sollten wir nicht bei klarem Verstand bleiben, bis alles vorbei ist?« Meine Stimme zitterte. Nur ein ganz kleines bisschen, aber er hatte es bestimmt bemerkt.

»Hmmmmm«, vibrierte sein Bass an meinem Ohr. »Ich habe zehn Jahre auf dich gewartet, dann werde ich die paar Tage auch noch aushalten. Aber glaub bloß nicht, du könntest dich noch mal aus meinem Leben schleichen.«

Ich hatte nicht die Absicht.

Hatte ich schon erwähnt, dass es auf den Orkneys ein wenig beschaulicher zugeht als in den Metropolen Westeuropas? Zuerst wurden Frau Müller-Burmanscheid und Herr Mergentheim beim Frühstück vermisst. Dann entdeckte man die blutigen Laken in ihren Zimmern, und schließlich wurde eines der Zimmermädchen auf die Flecken auf Pullover und Gummistiefeln der Professorin aufmerksam. Merkwürdig fand man auch, dass ihre Angelrute zerbrochen war ...

Es dauerte eine Weile, bis die Leichen angespült wurden. Dabei hatten wir noch Glück; manche werden von der Strömung weggetragen und tauchen nie wieder auf.

Eine der Leichen war mit Bernhardts Gürtel gefesselt, in der anderen steckte das fehlende Stück Angelrute. Frau Professor Justine Bernhardt wurde schließlich des zweifachen Mordes angeklagt. Während der Verhandlung ging ein Schrei der Empörung durch die Menge, als herauskam, dass sie ihren Professorentitel erschwindelt hatte. Ausgerechnet Justine, die Rechtschaffene! Das schien schwerer zu wiegen als die beiden Morde. Sie wurde trotz aller Unschuldsbeteuerungen zu einer langen Gefängnisstrafe verurteilt. Noch lieber wäre mir natürlich gewesen, wenn sie irgendwo in einem Verlies vor sich hinmodern würde.

50

Endlich kehrte wieder Frieden ein auf den Orkneys.

Ich wohne übrigens immer noch im Cottage und verfasse weiter Liebesschnulzen. Robert hat seinem Vater das Haus abgekauft, das Journalistenleben aufgegeben und schreibt jetzt Kriminalromane.

Wir haben mittlerweile noch ein Graffiti entdeckt. Unten an der Bay of Skaill, im Toilettenhäuschen. Dort steht mit blauer Schreibschrift auf weißer Wand: *Bitte Türe schließen.*

Was du ererbt von deinen Vätern ...

Manche Menschen sind wirklich selbst schuld, wenn sie vorzeitig aus dem Leben scheiden, dachte Hans-Dieter Janßen und lauschte missmutig auf das Rattern des Häckslers im Garten nebenan. Dem Garten, der eigentlich sein Garten war. Was gab es da eigentlich dauernd zu häckseln? So viel Frühjahrsschnitt konnte doch nicht angefallen sein?

Gut, der Garten war ein wenig verwildert. Es hatte diesmal länger als sonst gedauert, bis das Haus verkauft war. Aber die Struktur des Gartens war vollkommen. Es gab Äpfel-, Kirsch- und Pflaumenbäume, Johannisbeersträucher, eine Himbeer- und eine Brombeerhecke, die den Garten zu einer beinahe uneinnehmbaren Festung machten. Ein wunderbarer Rosenpavillon, bewachsen mit verschiedenen Clematisarten und schönen alten Kletterrosen, die ihre Pracht einmal im Jahr überreichlich präsentierten. Beete für Nutzpflanzen, einen romantischen Bauerngarten mit Pfingstrosen, Löwenmäulchen, Cosmeen, Stockrosen, Eisenhut und Rittersporn; alles, was das Herz des wahren Pflanzenliebhabers begehrte. Am meisten hing Hans-Dieter jedoch an den Rosen, deren blühende Pracht er in Mai und Juni aus seinem Dachfenster bewunderte.

Er strich an der hohen Buchsbaumhecke entlang, die am Ende seines winzigen Gärtchens Rücken an Rücken mit den nachbarlichen Brombeeren einen fast undurchdringlichen Schutzwall bildete. An einer Stelle bog er den von ihm etwas gelichteten Buchsbaum beiseite und spähte durch die frühlingshaft schwach begrünten Brombeertriebe. Er konnte einfach nicht erkennen, was da gehäckselt wurde, und den Geräuschen nach konnte es fast alles sein. Alte Rosentriebe, Baumschnitt ...

Sicher trieb der Mann dort auf dem Nachbargrundstück unqualifizierten Blödsinn und verschandelte dabei den Garten. Keiner der so oft wechselnden Besitzer des alten, stattlichen Backsteinhauses hatte gewusst, wie man mit dieser Pflanzenpracht richtig umgehen musste. Mit seiner Pflanzenpracht.

Haus und Garten standen doch ihm zu; schließlich war er der letzte Spross der Familie, die dieses Haus gebaut und den prächtigen Garten für Selbstversorger und Liebhaber angelegt hatte. Ein illegitimer Spross der Zuckerrüben-Dynastie allerdings, denn seine schwangere Mutter war vom alten Meyerink sofort aus dem Dienst entlassen worden und ihn, Hans-Dieter, hatte er nie als seinen Sohn anerkannt.

Die Bäume im Garten waren älter als er selbst, Rosen und Sträucher liebevoll von seiner Mutter gepflanzt, deren Schönheit damals gerade erblühte, deren breites Becken und sanft gerundeter Körper vor Fruchtbarkeit strotzten. Dem hatte der alte Meyerink wohl nicht widerstehen können.

Hans-Dieter spürte die Zornesröte in sich aufsteigen, als er daran dachte, wie das Meyerinksche Anwesen an diesen Schnösel aus Düsseldorf verkauft worden war, der den Garten roden lassen wollte, um Platz für einen Swimmingpool zu schaffen. Zum Glück war er über den Kostenvoranschlag nicht hinausgekommen. Ein tragischer Unfall. Marder, hieß es, hätten ihm die Bremsschläuche durchgenagt.

Und dann diese überkandidelte Schnepfe aus dem Münsterland, die unbedingt an den Niederrhein hatte ziehen wollen, weil sie gelesen hatte, dass die Bewohner von Flussufern und deren Umgebung besonders aufgeschlossen seien. Sie sei auch sehr aufgeschlossen, hatte sie betont. Und zu allem und jedem eine Meinung geäußert. Noch nie eine Harke in der Hand gehabt, aber

54

über Gärten alles besser gewusst. Er hatte sie kaum fünf Minuten gekannt, da vertraute sie ihm bereits die Details ihrer Verdauung an. Unappetitliche Details. Nach kurzer Zeit mied man sie im ganzen Ort; vermutlich war niemand aufgeschlossen genug. Und niemand im Ort war wirklich traurig, als sie eines schönen Tages beim Fensterputzen aus dem Dachgeschoss fiel und sich den Hals brach.

Alle kamen zur Beerdigung; sie wollten sicher sein, dass ihr Mundwerk auch wirklich mit beerdigt wurde. Der Pfarrer, erinnerte Hans-Dieter sich, hatte von einem tragischem Unglücksfall gesprochen und dass ihre Seele nun bei Gott Ruhe finden würde.

»Das Geschnatter hält nicht mal Gott aus«, hatte einer der Anwesenden gewitzelt, und zum ersten Mal in der mehrhundertjährigen Geschichte der kleinen Friedhofskapelle war Heiterkeit aufgekommen.

Hans-Dieters Mutter hatte übrigens nie ein Wort darüber verloren, ob sie sich dem alten Meyerink freiwillig hingegeben hatte oder nicht. Überhaupt hatte sie nie ein schlechtes Wort über den Mann verloren, und doch wusste er um ihre Enttäuschung, dass Meyerink sie nach dem Tod seiner Frau nicht wieder ins Haupthaus geholt hatte. Stattdessen hatte er das Gesindehaus, in dem Hans-Dieter aufgewachsen war, und ein winziges Stück Garten dazu von seinem Grundstück abgetrennt und dichte Hecken zwischen den beiden Gärten pflanzen lassen. Auf diese seltsame Art waren Mutter und Sohn außer Sichtweite, aber doch nicht ganz aus der Welt.

Und er hatte Hans-Dieter eine Lehrstelle als Gärtner vermittelt, als habe er instinktiv geahnt, woran das Herz des Jungen hing. Warum aber, warum nur hatte er ihn nie als seinen Sohn anerkannt? Warum hatte er ihm Haus und Garten nicht vererbt, sondern das Anwesen an seine viel jüngere Schwester fallen lassen, die nichts anderes im Sinn hatte, als es möglichst schnell zu verscherbeln und sich eine Stadtwohnung zu kaufen?

Nach der Schnepfe aus dem Münsterland war eine Familie mit vielen Kindern in das Haus gezogen. Hilflos hatte Hans-Dieter mit ansehen müssen, wie die kleinen Monster ihre Initialen in die Rinde seiner innig geliebten Obstbäume ritzten. Noch mehr entsetzte ihn, was er eines Tages durch die lichte Stelle in der Buchsbaumhecke belauschte. Die Mutter der Kinder kündigte an, die alten Kletterrosen beseitigen zu wollen. Es genügte ihr nicht, dass sich Ännchen von Tharau, Paul's Himalayan Musk Rambler und Felicité et Perpétue einmal im Jahr die Seele aus dem Leib blühten, ihre ganze Schönheit in dichten, prachtvollen Büscheln verschenkten, dass einem der Atem stockte. Sie wollte lieber Edelrosen, die das ganze Jahr über blühten und sich leichter in die Vase stellen ließen als die weichtriebigen Ramblerrosen.

Sein Gärtnerherz blutete, als er die Frau in verächtlichen Worten über seine Lieblinge sprechen hörte. Diese Rosen waren dort schon gewachsen, da war diese Frau noch nicht einmal geboren! Aus einem Schaumtropfen des Meeres seien diese wunderbaren Pflanzengeschöpfe entstanden, so eine antike Sage; eine andere behauptete, sie wären aus einem Schweißtropfen Mohammeds geformt. Unschuld und Reinheit, Liebesfeuer und Leidenschaft vereinten sie auf sich. So wundervolle Geschöpfe konnte man doch nicht einfach meucheln!

Natürlich hatte es ihm damals für die Kinder leid getan, die ihre Mutter nach der Schule tot im Rosenpavillon fanden. Das war bestimmt ein schrecklicher Schock für sie. Mit völlig verrenkten Gliedern habe sie neben der umgestürzten Leiter gelegen, hieß es, die Rosenschere noch in der Hand. Der Mann war mit den Kindern in die Stadt gezogen. Die ganze Zeit hatte man schon gemunkelt, dass auf dem Haus kein Segen mehr läge, seit es nicht mehr von der Familie bewohnt wurde. Nun wurde aus »kein Segen« ganz schnell ein Fluch. Die meisten Interessenten hatten sich im Ort erkundigt, warum das Haus so preisgünstig war. Auch wenn alle behaupteten, nicht an Flüche zu glauben – die vielen Toten schreckten doch ab.

56

Nur der Mann mit dem Häcksler schien sich nichts daraus zu machen. Ob er wohl wusste, wie gefährlich so ein alter Häcksler sein konnte? Nicht nur, dass man sich versehentlich im Schnittgut verheddern konnte und von den starken Messern bis zum Unterarm in das Gerät gezogen wurde. Nein, manche Geräte hatten auch technische Mängel. Wie leicht konnte man da einen Stromschlag bekommen!

Vier Wochen später stand Hans-Dieter Janßen vor dem Büro des Immobilienmaklers und betrachtete die Angebote. Der Preis des Hauses war auf weniger als ein Drittel dessen gesunken, was es ursprünglich hätte kosten sollen, und damit für ihn in erreichbare Nähe gerückt. Vielleicht sollte er direkt mit der trauernden Witwe verhandeln, um die Maklercourtage zu sparen. Bestimmt wäre sie froh, wenn sie das Haus und all die traurigen Erinnerungen loswerden würde.

Mit aufrichtiger Dankbarkeit im Herzen dachte Hans-Dieter an seine Mutter.

»Es ist nicht viel, was ich dir vererben kann, mein Sohn«, hatte sie auf dem Totenbett gesagt. Sie hatte sich mühsam aufgerichtet und aus den Tiefen ihres Nachtkästchens einen kleinen Samtbeutel geholt, den sie ihm in die Hand drückte. »Das sind die Schlüssel zu dem Haus, das dir rechtmäßig zusteht. Die soliden alten Sicherheitsschlösser sind nie ausgetauscht worden. Ich denke, du weißt, was du zu tun hast.«

Liebevoll betastete er den Schlüsselbund in seiner Hosentasche. O ja, das hatte er immer gewusst.

Crashdiät

Eigentlich hätte ich ja gleich misstrauisch werden sollen, als meine Mutter diesen dubiosen Kuraufenthalt buchen wollte. Drei Monate Verjüngungskur im Privatsanatorium!

»Mutter, wozu brauchst du denn so was? Du bist gerade mal fünfundsechzig und fit wie ein Turnschuh!«

»Ich passe nicht mehr in mein kleines Schwarzes«, hatte sie geklagt. »Ich werde alt.«

Meine Mutter hatte mindestens ein Dutzend kleine Schwarze, und das spezielle, das sie meinte, hatte sie vor zwanzig Jahren zur Hochzeit meiner Schwester angehabt.

»Es ist jetzt aber wieder modern«, hatte sie beharrt.

Ich hatte nur den Kopf geschüttelt. Sie war besessen von der Idee, mit fünfundsechzig immer noch in dieselben Kleider zu passen, die sie mit fünfundvierzig getragen hatte. Und mit fünfundzwanzig. Zum Glück waren die meisten von denen den Motten zum Opfer gefallen.

Natürlich hatte sie diese Kur dann doch gebucht – meine Mutter tat immer, was sie wollte, egal, wie viele Leute sie vorher um Rat gefragt hatte. Jetzt war sie schon eine ganze Weile weg, und seit einer Woche hatte ich kein Sterbenswörtchen mehr von ihr gehört.

Kurz gesagt, ich machte mir Sorgen. Es sah ihr gar nicht ähnlich, sich länger als zwei Tage aus meinem Privat- und Geschäftsleben herauszuhalten. Bevor ich zur Arbeit ging, steckte ich den Zettel mit ihrer Kuradresse ein. Sicher war es im Laden heute irgendwann ruhig genug, um bei ihr anzurufen.

Als ich um halb zehn »Frauen mit Maßen« aufschloss, standen schon zwei meiner Stammkundinnen vor der Tür. Vermutlich brauchten sie nach einem Wochenende im Kreis der Familie nicht unbedingt etwas Neues zum Anziehen, sondern eher einen Platz, an dem sie ein bisschen Dampf ablassen konnten. Schließlich wurden die meisten Frauen mit Maßen von ihren Lieben in schöner Regelmäßigkeit mit unwillkommenen Ratschlägen zum Thema Diät bombardiert.

Was mich sofort wieder an meine Mutter erinnerte. Ich überließ die beiden Frauen sich selbst und einem frischen Kaffee und hängte mich ans Telefon.

Zwei Tage und etliche verkaufte Kleidungsstücke später hatte ich meine Mutter noch immer nicht erreicht. Die Telefonzentrale der Klinik war entweder gar nicht oder mit Leuten besetzt, die nicht in der Lage waren, eine Liste mit Patientennamen zu lesen. Falls in dieser dubiosen Klinik überhaupt jemand lesen konnte.

Mittlerweile hatte ich mir den Klinikprospekt genauer angesehen, den meine Mutter mir heimlich zwischen einen Stapel Kataloge gelegt hatte. »Privatklinik Sonnenaue« stand in aggressivem Rot auf der Titelseite. Geworben wurde mit der idyllischen Lage im Taunus und sogenannten Wellness-Kompaktangeboten wie »Weg-mit-dem-Speck-Crashdiät«, »Rundumfitnessprogramm mit zertifizierten Trainern« und dem Exklusivkurs »Zehn Jahre jünger in drei Wochen!« – natürlich alles mit psychologischer Betreuung. Die Verheißungen schienen mir ausgesprochen bedrohlich. Würde meine Mutter nach zwölf Wochen Aufenthalt als meine kleine Schwester zurückkommen?

Die einzige Telefonnummer, unter der sich jemand meldete, war die der Gesundheitsberaterin. Nach einem kurzen Gespräch mit ihr buchte ich eine Woche Rundumfitness zu einem Preis, zu dem ich jahrelang ins Sportstudio hätte gehen können. Dann packte ich

60

meine Koffer, drückte meiner besten Freundin den Ladenschlüssel in die Hand und machte mich auf den Weg in den Taunus.

Schon an der Pforte der Klinik bestätigte sich der Eindruck des Dubiosen: Der Pförtner trug eine Uniform, deren Hose einmal als Requisite in »Die drei Musketiere« gedient haben musste. Das Oberteil erinnerte mehr an »Raumschiff Voyager«.

Er eskortierte mich direkt in das Büro der Gesundheitsberaterin. Eigentlich führte er mich ab, aber ich wollte nicht gleich am ersten Tag mäkeln.

»Sie sind also Corinna Kupferberg«, sagte die Beraterin, die etwas von einem ausgemergelten Suppenhuhn hatte. Sie musterte voller Abscheu meine zweihundert Pfund, die sich glatt, zufrieden und wohlgerundet um mein Skelett schmiegten. »Sie hätten sich wohl besser für die Speck-weg-Crashdiät angemeldet!«

War das etwa die versprochene psychologische Betreuung? Ich unterdrückte das Bedürfnis, ihr den faltigen Hals umzudrehen. »Ich habe nur eine Woche Urlaub und wollte gern etwas für meine Kondition tun«, sagte ich zuckersüß.

Missmutig bot sie mir einen Platz an. Im Verlauf des Verhörs kamen wir auf so ziemlich jeden Aspekt meines Lebens zu sprechen. Ihr besonderes Interesse galt meiner beruflichen – oder sollte ich sagen finanziellen? – Situation.

Ich tat, als würde ich ihren lauernden Blick nicht bemerken. Ich hatte bisher nicht gewusst, dass ein Suppenhuhn lauern kann.

»Und was verkaufen Sie so in Ihrem Geschäft?«

»Schicke, modische Frauenkleidung von Größe vierundvierzig bis vierundsechzig.«

»Was?« Entsetzt fuhr sie aus ihrem Stuhl auf.

Ich wusste nicht, was daran so entsetzlich sein sollte.

»Aber das ist doch grundfalsch!«, quietschte sie. »Ein völlig verkehrter Ansatz! Sie machen alles nur noch schlimmer!«

»Schlimmer?«

»Aber sehen Sie das denn nicht?«, ereiferte sie sich. »Wenn Sie

61

Frauen Kleidung in großen Größen verkaufen, geben Sie ihnen das Gefühl, es sei völlig in Ordnung, dick zu sein!«

»Ist es doch auch«, sagte ich.

Sie plumpste so hart in ihren Stuhl, dass ich glaubte, ihre Beckenknochen klappern zu hören.

Nach weiterem fruchtlosen Schlagabtausch zu diesem Thema notierte sie endlich meine restlichen Angaben und schickte mich zur sogenannten Eingangsuntersuchung.

Der Arzt dort stocherte mir eine Viertelstunde im Arm herum und murmelte etwas von Fettleibigkeit und schlechten Venen. Ich murmelte etwas von Stümperei und einer Hausärztin, die jede Vene fand. Er stocherte tiefer. Ich behielt weitere Kommentare für mich.

Nach einigen weiteren nutzlosen Untersuchungen – bei der Prüfung meines Kniesehnenreflexes stand der Arzt leider etwas ungünstig – wurde ich von einem weiß gekleideten affenähnlichen Kerl durch eine Reihe von verwinkelten Gängen bis zu meinem Zimmer geführt. Entweder war er taub oder stumm oder wirklich ein Affe, jedenfalls ignorierte er jede meiner Fragen. Fast hatte ich erwartet, dass er die Zimmertür abschloss, aber er drehte sich nur einfach um und ging.

Mein Gepäck war bereits auf dem spärlich möblierten Zimmer, dessen Größe umgekehrt proportional zur Höhe des Schecks war, den ich bei meiner Ankunft hatte ausstellen müssen. Wenigstens hatte es ein Bad.

Erst als ich auspackte, fiel mir auf, dass mein Koffer durchsucht worden war. Von meinen Müsliriegeln fehlte jede Spur.

Zum Mittagessen bot man mir einen Liter lauwarmes Salzwasser oder wahlweise einen Einlauf an. Als ich dickköpfig darauf beharrte, ich hätte nicht die Crashdiät, sondern das Fitnessprogramm gebucht, wurde ich schließlich in den Speisesaal geführt, wo ich mit einem Liter lauwarmer Gemüsebrühe davonkam. Ohne Einlage.

62

Mir war schon ganz schwindelig vor lauter Umsehen im Speisesaal, aber meine Mutter konnte ich weit und breit nicht entdecken. Meine Leidensgenossen saßen mit unterschiedlich verdrossenen Gesichtern an Einzelplätzen, anscheinend waren Tischgespräche hier unerwünscht. Dennoch gelang es mir, ein paar Leute nach meiner Mutter zu fragen.

Eine Frau zuckte die Schultern und schlang hastig einen Teller mit rohem Sauerkraut hinunter. Eine andere erzählte mir mit glänzenden Augen von ihrer Eiscremediät, bei der sie dreimal täglich einen Becher Vanilleeis zu sich nahm. Ich erzählte ihr von meiner Null-Bock-Diät, bei der alles erlaubt war außer Holzbock, Steinbock und Ziegenbock.

Endlich geriet ich an ein verdorrtes Hutzelmännchen, das sich an meine Mutter erinnern konnte.

»Genau wie Sie hat sie die Essensregeln nicht verstanden«, erklärte er mir. »Sie suchte immer Unterhaltung. Dabei ist es doch so wichtig, dass sich die Fettzellen auf die Suppe konzentrieren. Ein Gespräch lenkt da bloß ab.«

Einen Moment lang glaubte ich, er hätte vielleicht Fettzellen mit Fettaugen verwechselt, denn an ihm konnte nun wirklich kein Gramm Fett sein. Dann musste ich jedoch feststellen, dass in der Suppe auch keins war.

Ich fragte ihn noch, wann er meine Mutter zuletzt gesehen hatte, aber seine eingebildeten Fettzellen waren schon so konzentriert, dass er mich nicht hörte.

Nach dem Mittagessen wurden wir zu einem Spaziergang in den Park geschickt. Unsere Folterknechte saßen jetzt vermutlich bei Schnitzel und Pommes frites im Speisesaal und machten sich über uns lustig.

Die meisten Spaziergänger wirkten tatsächlich krank, müde und hungrig, und ich fragte mich, warum sie sich eine solche Behandlung gefallen ließen. Wer auch nur einen Funken Verstand hatte, musste doch begreifen, dass hier etwas nicht stimmte! Für mich jedenfalls war klar, dass ich keine Sekunde länger bleiben würde als nötig.

Bis zum frühen Nachmittag hatte ich noch immer niemanden gefunden, der mir Auskunft über den Verbleib meiner Mutter geben konnte. Oder über sonst irgendetwas.

Mein anschließendes Sportprogramm bestand aus sechs Kilometern Fahrradfahren auf der Stelle und drei Kilometern Trockenrudern. Danach gab es ein Tässchen Kräutertee und eine rohe Möhre. Ich erhaschte einen Blick auf die Crashdiätler, bei ihnen gab es ein Glas lauwarmes Salzwasser.

Ich weiß nicht genau, was das für ein Tee war, aber als ich wieder aufwachte, war es bereits dunkel. Ein Blick auf die Uhr und die in jedem Zimmer ausliegenden Hausregeln machte mir klar, dass ich meinen rohen Kohlrabi versäumt hatte und mir nur noch ein Tässchen Kräutertee zustand.

Damit der Kräutertee auch wirklich nicht ansetzte, nötigte man mich zu einem weiteren Besuch des Fitnessraums. Die vorhandenen Gerätschaften waren ein Sammelsurium unnützer Sportgeräte, wie sie im Fernsehen bei den Dauerwerbesendungen angeboten wurden. Der erfahrene Trainer erwies sich als pickliger Jüngling, der mir mit Händen und Füßen etwas zu erklären versuchte. Vom Reden hielten sie in diesem Schuppen wohl nicht viel.

Irgendwann gab er auf. Ich sah ihm eine Weile gelangweilt bei Sit-ups, Push-ups und Chin-ups zu, bis ich endlich auf die Idee kam, mich davonzuschleichen.

Wenn mir in diesem merkwürdigen Haus niemand Auskunft erteilen wollte, würde ich es eben im Büro versuchen. Irgendwo mussten schließlich die Unterlagen über die Patienten gesammelt werden.

Zu meinem großen Erstaunen kam ich auf meinem langen Irrweg durch die vielen Gänge an einer großen Tafel vorbei, auf der ein Lageplan des Hauses abgebildet war. Daneben hing eine Tafel mit den Namen und Fotos des Klinikpersonals. Ich hielt Ausschau nach einem Bild des pickligen Jünglings, blieb stattdessen aber an dem Foto des Klinikleiters hängen. Peter Wertheimer. Irgendwo hatte ich den Namen schon einmal gehört. Aber das Foto sagte mir nichts.

Dank des Lageplans hatte ich das Büro schnell gefunden. Es sah darin so ähnlich aus wie in einem zu groß geratenen Abstellraum, aber das konnte mich nicht abschrecken. Was mich dagegen empörte, war die Leichtfertigkeit, mit der man hier die Schränke mit Patientenakten offenstehen ließ!

Ich arbeitete gerade die erste Schublade durch, als mich ein merkwürdiges Gefühl beschlich. Hatte ich das richtig gelesen? Ich ging eine Akte zurück, dann noch eine und noch eine. Alle Patienten schienen früher einmal in einer psychiatrischen Anstalt gewesen zu sein. Ob ihnen deshalb hier alles ganz normal vorkam?

Die nächste Akte sah ich mir genauer an. Auch dieser Patient war in der Psychiatrie gewesen. Interessant, der Kerl stammte aus derselben Stadt wie meine Mutter und war sogar auf dieselbe Schule gegangen wie sie. Hatte sie mir nicht einmal von ihrer Jugendliebe erzählt, einem zarten, mageren Bürschchen, das nach einem Selbstmordversuch ins Krankenhaus eingewiesen worden war? Ich blätterte zurück auf die Seite mit Namen und Foto.

Peter Wertheimer.

Mir wurde abwechselnd heiß und kalt. Ich hatte ja gar nicht die Patientenakten, sondern die des Personals! Waren denn hier alle komplett verrückt? In meinem Hirn überschlugen sich die Erkenntnisse. Die Kuren waren nichts als Hokuspokus, der Klinikleiter ein entsprungener Irrer, und die Angestellten waren vermutlich seine alten Kumpels aus der Anstalt! Das einzige Echte an dieser Klinik war das viele Geld, das die Patienten auf den Tisch legen mussten.

Während ich verzweifelt versuchte, etwas Ordnung in meinen Kopf zu bringen, hörte ich Geräusche aus dem Nebenzimmer. Ich erstarrte.

»Habt ihr die Neue irgendwo gesehen?«, sagte eine muffige Männerstimme. »Sie ist aus dem Fitnessraum verschwunden.«

»Ist sie nicht in ihrem Bett?«, fragte eine andere.

»Blöde Frage. Würde ich sonst nach ihr suchen?«

Ich hatte nicht damit gerechnet, dass sie auch noch die Betten kontrollieren würden. Deshalb also konnte man die Zimmer nicht abschließen.

»Peter, ich hab dir gleich gesagt, dass mit der was nicht stimmt.« Das war die Gesundheitsberaterin. »Sie ist noch keinen ganzen Tag hier, und schon bringt sie mit ihrer Fragerei alles durcheinander. Das Personal wird schon ganz unruhig.«

»Findest du nicht, dass du ein wenig übertreibst?« Die muffige Stimme schien Peter zu gehören.

»Nein, finde ich nicht. Sucht sie – und du, mein Lieber, erzählst mir nicht wieder was von Jugendliebe. Geh in die Vierhundertelf und tu, was zu tun ist.«

Vierhundertelf also! Das musste das Zimmer meiner Mutter sein.

Ich überlegte, ob ich wenigstens ein paar Unterlagen mitnehmen sollte. Ohne Beweise würde mir das doch kein Mensch glauben! Andererseits: Was nutzten mir die Beweise, wenn ich noch nicht einmal wusste, wie ich meine Mutter und mich hier heil wieder herausbringen sollte?

Langsam bewegte ich mich zur Tür. Ich hatte vorhin einen Küchenaufzug gesehen, dort wollte ich mein Glück versuchen. Ich hörte die Meute aus dem Nebenbüro durch den Flur trampeln und schlich Richtung Aufzug.

Ich quetschte mich hinein, drückte auf die Vier und hielt vor Aufregung den Atem an. Allerdings nur zwei Stockwerke lang, dann wurde mir schlecht.

»Hier ist sie nicht«, sagte eine Stimme im vierten Stock, als der Aufzug anhielt. Ich hoffte inbrünstig, dass sie das leise Fahrgeräusch nicht bemerkt hatten.

»Was ist mit der Alten?«, fragte die Gesundheitsberaterin.

»Keine Gefahr mehr, die hat ihr Insulin intus.« Die muffige Peter-Stimme.

Insulin? Meine Mutter war doch gar nicht zuckerkrank. Wollten die sie etwa ...? Ich musste schleunigst aus diesem verdammten Kasten raus.

»Okay, einen Mann an die Treppe, einen an den Aufzug, die anderen kommen mit mir. Wir suchen Stock für Stock ab.«

Die Schritte verklangen. Vermutlich hatten sie den Mann am Personenaufzug postiert, weil sie sich nicht vorstellen konnten, dass sich eine Frau mit meinen Maßen in den Küchenaufzug falten konnte. Ha, dachte ich. Ihr werdet euch noch wundern!

Mit klopfendem Herzen schlüpfte ich in das Zimmer meiner Mutter, wobei ich schon nach dem Traubenzucker in meiner Hosentasche tastete. Seit meiner heißen Affäre mit einem zuckerkranken Kaffeeröster hatte ich immer welchen bei mir; nichts ist lästiger, als wenn einem der Liebhaber zusammenklappt, wenn es spannend wird.

Zuerst glaubte ich, ich hätte mich in der Zimmernummer geirrt. Dieses magere Etwas sollte meine Mutter sein? Was hatten sie ihr in den vier Wochen bloß angetan?

Sie lallte und schimpfte, ihre Hände zitterten, und ihr Gesicht war von einem Schweißfilm überzogen. Alles Anzeichen für eine Unterzuckerung.

Ich zerbröselte mehrere Stücke Traubenzucker und versuchte, sie meiner Mutter zwischen die Zähne zu krümeln. Sie schlug um sich. Erstaunlich, wie viel Kraft so ein halbes Hemd noch entwickeln konnte. Aber ich war stärker, und schließlich hatte sie das Zeug im Mund.

Die Sekunden zogen sich entsetzlich. Während ich wartete,

dachte ich an die junge Frau mit dem dicken Dackel, die ich heute Mittag im Park getroffen hatte. Erst hatte ich geglaubt, sie wollte den Dackel zur Kur bringen. Sie hatte sich jedoch besorgt nach irgendeiner Frau erkundigt, aber ich hatte ihr keine Auskunft geben können. Hoffentlich war der nicht auch was passiert.

Nach einer endlos anmutenden Minute änderte sich die Gesichtsfarbe meiner Mutter. Ich wischte ihr den Schweiß von der Stirn.

»Corinna ... was ... machst du ...« Wenigstens lallte sie nicht mehr.

Ich drückte ihre Hand in einem familienuntypischen Anfall von Sentimentalität. »Ich habe mir Sorgen um dich gemacht.«

»Peter ... gehört ... in eine Anstalt«, flüsterte sie.

Peter hatte sich seine eigene Anstalt geschaffen. Aber damit wollte ich sie jetzt nicht beunruhigen.

»Nicht anstrengen«, sagte ich. Sagten sie das im Fernsehen nicht auch immer? Erleichtert sah ich, wie das Zittern nachließ. Wenigstens war ich rechtzeitig gekommen; sie würde wohl keine Schäden davontragen, wenn es mir gelang, sie jetzt stabil zu halten.

Ein paar Minuten später hatte ich einen Entschluss gefasst. Peter konnte warten. Zuerst musste ich meine Mutter aus der Gefahrenzone bringen.

»Lass mich nicht allein«, sagte sie, als ich aufstand.

»Ich muss etwas zu essen für dich auftreiben, damit sich dein Blutzuckerwert stabilisiert.«

»Dann komme ich mit.« Sie rappelte sich mühsam hoch.

Widerspruch war zwecklos, ich kannte doch meine Mutter. Also warf ich mir meine auf etwa fünfzig Kilo abgemagerte Erzeugerin über die Schulter und eilte, so schnell ich konnte, durch die langen Gänge, die durch die Nachtbeleuchtung gespenstisch wirkten. Endlich hatte ich das Gefühl, mein regelmäßiges Krafttraining würde sich auszahlen! Trotzdem, lange würde ich es mit der zusätzlichen Last nicht machen.

Wo war denn jetzt wieder dieser verdammte Küchenaufzug? Ah, dort drüben! Ich schob die Türen auseinander, legte meine Mutter in den Aufzug und drückte den Knopf für die Küche. Der Wachposten an der Tür zum Treppenhaus war erfreulicherweise zu dem am Aufzug hinübergeschlendert. Die beiden bohrten stereo in der Nase und verglichen die Ergebnisse. Ich hetzte die Treppe hinunter.

In der Küche im Untergeschoss trafen wir uns wieder. Auch hier brannte die Nachtbeleuchtung. Meine Mutter war gerade dabei, sich aus dem Aufzug zu befreien. Auf wackligen Beinen kam sie mir entgegen. Ich fing sie auf, legte sie auf einer Arbeitsfläche ab und begann, die Schränke zu durchsuchen. Sie brauchte dringend etwas Vernünftiges zwischen die Zähne. Ich hatte ihr sicherheitshalber doch noch einen Traubenzucker gegeben.

Reis, Millionen von Tütensuppen, noch mehr Reis, noch mehr Tütensuppen, nächster Schrank.

Ein paar Zentner Reis und Tütensuppen später war ich bei Sahne, Löffelbiskuits, Schokoladentröpfchen und Kakao angekommen. Vor meinem geistigen Auge schwebte ein Tiramisu, aber für meine unterzuckerte Mutter wäre jetzt sicher eine Scheibe Brot besser. Gerade hatte ich in der nächsten Schrankreihe eine vielversprechende Packung entdeckt, als ich draußen Geräusche hörte.

»Da sind sie«, zischte jemand.

Meine Mutter lag auf der Edelstahlablage wie auf dem Seziertisch, und ich war auch nicht zu übersehen. Ich grabschte die Packung mit dem Brot, schob sie in Mutters Richtung und suchte fieberhaft nach einer Waffe. Vom Messerwerfen verstand ich nichts, aber vielleicht fand ich irgendwo eine Torte.

Die Küchentür öffnete sich in dem Augenblick, als ich den Mascarponevorrat entdeckte. Was für eine Verschwendung, aber es musste nun einmal sein! Ich riss den Deckel von der Packung und versteckte mich hinter einem Schrank.

Die Absätze des Klinikleiters klackten auf den Küchenfliesen. Der Mann hinter ihm trug Turnschuhe, die ab und zu leise quietschten. Irgendwo hinter mir knisterte die Brotpackung.

Große Schweißperlen standen mir auf der Stirn. Mit dem Mut der Verzweiflung griff ich in den Mascarpone und schleudert dem Klinikleiter ein halbes Pfund davon vor die Füße. Er sah mich zwischen den Schränken auftauchen, stürzte auf mich zu und rutschte auf der fettigen Masse aus. Der Mann hinter ihm geriet ins Stolpern, verlor die Balance und fiel nach vorn. Bedauerlicherweise hatte er ein Messer in der Hand gehabt, mit dem er sich nun selbst aufspießte. Die Leiche fiel auf den Klinikleiter und setzte ihn schachmatt.

Gerade wollte ich erleichtert aufatmen, als sich von hinten zwei haarige Hände um meinen Hals legten. Mist! Ich hatte in der Aufregung gar nicht bemerkt, dass die Küche noch einen zweiten Eingang hatte.

Ich zog das Genick ein und warf mich mit meinen ganzen zweihundert Pfund nach hinten. Mein Angreifer verlor das Gleichgewicht, stürzte und schlug mit dem Kopf auf den Boden. Ich landete weich.

Da sich unter mir nichts rührte, rappelte ich mich von meiner ohnmächigen Matratze hoch, wischte mit dem Ärmel den Schweiß von der Stirn und sah mich zufrieden auf dem Schlachtfeld um.

»Siehst du, Mutter«, sagte ich mit stolzgeschwellter Brust, »so funktioniert eine richtige Crashdiät.«

»Ach, Corinna«, seufzte sie und knabberte geziert an einer Scheibe Pumpernickel. »Aus dir wird wohl nie eine Dame.«

So ist das eben mit Müttern. Egal, was man für sie tut, nie kann man es ihnen recht machen.

Ich weiß nicht, wie lange die Polizei brauchte, bis sie den ganzen Schwindel in der Klinik aufgedeckt hatte. Um unsere Aussagen aufzunehmen, brauchten sie jedenfalls eine halbe Ewigkeit.

70

Einige Wochen später saß meine Mutter wieder im Hinterzimmer meines Ladens und hielt mich von der Arbeit ab.

»Suchst du was Bestimmtes?«, fragte ich, da sie hektisch in einem Stapel Frauenzeitschriften wühlte.

»Ja, irgendwo hier muss diese neuen Astro-Blitzdiät sein. Weißt du, wenn ich noch fünf Pfund abnehme, passt mir das grüne Ballkleid wieder, das ich an Tante Hettys Sechzigstem getragen habe.«

Tante Hetty lebte schon ein Vierteljahrhundert nicht mehr, und das grüne Ballkleid hatte ich vor zwanzig Jahren heimlich einer Freundin geschenkt. Ich legte meiner Mutter einen frischen Stapel Zeitschriften hin und nahm mir eine Schüssel Tiramisu.

Streit in Straelen

Katharina Laudon betrat die Bibliotheksgalerie des Europäischen Übersetzerkollegiums in Straelen, in das literarische Übersetzer aus aller Welt kamen, um ungestört einige Wochen und Monate zu arbeiten. Sie genoss die nächtliche Ruhe. Nur das rhythmische Klappern einer Schreibmaschine war gedämpft von unten zu hören, wie in jeder Nacht seit einigen Wochen. Normalerweise schlief sie um diese Uhrzeit längst, aber ein schlechter Traum hatte sie aufgescheucht. Hier in der Bibliothek schlug für sie das Herz des Kollegiums. Früher war dies einmal ein Hinterhof gewesen, der vier altehrwürdige Häuser miteinander verband. Jetzt war der Hof überdacht von einer Glaskuppel und die Rückwände der Häuser offen wie Bücher, die zum Schmökern einluden. Rings um den Innenhof standen die Regale mit Nachschlagewerken, und wer von einem Haus in das nächste wollte, musste hier hindurch. Durch das Herz des verwinkelten Gebäudekomplexes, durch die Bibliothek.

Barfuß ging sie einmal ringsherum und lauschte auf das Knarren der Dielen unter ihren Füßen. Niemand konnte hier oben auf der Galerie gehen, ohne Geräusche zu machen. Ein leises Surren sagte ihr, dass irgendwo in der Bibliothek noch Computer liefen, aber niemand tippte, das hätte sie gehört. Durch die Glaskuppel drang ein wenig Licht ein; genug, um eigenartige Muster in die Bibliothek zu malen. Zärtlich strich sie mit dem Finger über die Rücken der niederländischen Nachschlagewerke auf dem Regal, vor dem sie stand. Wie oft hatte sie hier schon gesessen, um Rede-

73

wendungen zu recherchieren. Wachsam hob sie den Kopf und lauschte angespannt – irgendwo hatte es geknirscht. Seltsam, dass Menschen nach so vielen Jahrtausenden auch in sicherer Umgebung immer noch reagierten wie in der Wildnis.

Jetzt wieder. Schritte zweier Personen kamen die Treppe herunter, die zu den Zimmern 10 und 11 führte. Die Schritte hielten inne – die beiden mussten jetzt in dem halb offenen Raum mit den russischen Nachschlagewerken und dem Schachbrett stehen.

»Das kannst du nicht machen«, fauchte eine männliche Stimme.

»Fass mich nicht an«, sagte eine weibliche Stimme mit amerikanischem Akzent. »Und misch dich nicht in meine Arbeit ein.«

Der Mann ließ nicht locker. »Ich kenne Carina wirklich. Ich sage dir ganz genau, was sie mit jedem einzelnen Wort gemeint hat. Das ist unbezahlbar für dich.«

»Wie oft soll ich dir noch erklären, dass Theaterstücke zu verschiedenen Zeiten in verschiedenen Kulturen anders aufgefasst werden? Die Stücke der Odenthal sind so auf das klassische europäische Bildungsbürgertum abgestimmt, das versteht heute in Amerika kein Mensch. Da verlangt der Verlag die eine oder andere Anpassung. Das verfälscht ihr Werk nicht. Als es in Deutschland noch keine Cheeseburger gab, hat man sie als Käsebrötchen oder Käsetoast übersetzt. Daran ist die Kultur nicht zugrunde gegangen.« Die Frau klang müde und ungeduldig.

»Du siehst das absolut falsch – Literatur und Theater muss die Menschen erziehen, sie lehren! Du als Übersetzerin musst die Lehrerin des amerikanischen Volkes sein! Ich sehe das so.« Die männliche Stimme steigerte sich in einen flammenden Appell für die geistige Erziehung der einfachen amerikanischen Masse durch die Werke Carina von Odenthals.

Katharina hatte sich nicht von der Stelle gerührt. Wie kam sie wohl am besten wieder in ihr Zimmer? Es war gar nicht weit entfernt, aber sie hätte an den beiden vorbei gemusst. Leise knarrend

74

ging sie ein paar Schritte zurück und nahm den Ausgang vor Zimmer 12; auch hier gab jede Diele einen Kommentar ab, als sie den Flur entlang schlich, um über die Treppe nach unten in die Eingangshalle zu gelangen. Sie kam an der Küche vorbei, aus der Stimmengewirr drang. Die meisten ihrer KollegInnen waren Nachtarbeiter oder zumindest Bis-spät-in-die-Nacht-Zusammenhocker, und sie wusste mittlerweile auch, bei wem sie nicht vor halb drei Uhr nachmittags klopfen durfte.

Hier unten im Erdgeschoss war die Bibliothek gefliest, und so konnte sie lautlos die andere Seite erreichen, auf dem kalten Steinboden an den Zimmern 3 und 4 vorbei zur Hintertreppe gehen und dort die Treppe hinaufknarren bis zu ihrem Zimmer, Nummer 6.

Oben auf der Galerie wurde immer noch gezankt.

Zwei Tage später hatte sie ihr nächtliches Erlebnis schon so gut wie vergessen. Es war acht Uhr morgens, die Putzfrauen hatten gerade die Küche verlassen, und Katharina war dort allein. Sie setzte Kaffee auf, stellte erfreut fest, dass die Tageszeitungen schon da waren, und nahm sich Kuchenform und Rührschüssel vor. Die Zutaten hatte sie gestern schon eingekauft. Marion hatte heute Geburtstag, und sie wollte der Freundin und Kollegin, mit der sie gerade einen Roman übersetzte, eine Überraschung bereiten.

Sie öffnete den Schrank für die Zimmer 1 bis 7, um die trockenen Zutaten herauszunehmen, und grinste über das Fach Nummer 1. Zimmer 1 wurde angeblich von einem rumänischen Kollegen bewohnt. Auf der Liste am Schwarzen Brett der Eingangshalle stand »Vasile Barbulescu«. Er war wohl schon seit Wochen hier, aber gesehen hatte ihn noch niemand. Die Vorhänge seines Zimmers, das eine Tür in den kleinen Außenhof hinaus hatte, waren immer zugezogen. Die ganze Nacht hindurch klapperte die Schreibmaschine. Mittlerweile nannten ihn alle den »Grafen« und machten dunkle Andeutungen über seine transsilvanische Herkunft. Steinalt müsse er sein, wenn er noch eine Schreibmaschine benutze, wo doch jedem hier Computer zur Verfügung standen. Das Einzige, was man wirklich von Vasile Barbulescu wusste, war, dass er eine Leidenschaft für Tee hatte. Sein ganzes Fach war voller großer Tüten mit verschiedenen Teesorten, weißen und braunen Filtern, grobem und feinem Kandis und Zucker. Sonst nichts.

Als Katharina den Mürbeteig geknetet und in den Kühlschrank verfrachtet hatte, verkündete die Kaffeemaschine asthmatisch das Ende ihrer Bemühungen. Katharina schenkte sich ein und begann, die Birnen in Scheiben zu schneiden und den Guss vorzubereiten. Sie schob den fertigen Birnenkuchen in den Ofen und widmete sich dann zufrieden der *taz* und der *FAZ*. Von den Kollegen war immer noch niemand aufgetaucht.

In dieser Nacht klapperte in Zimmer 1 keine Schreibmaschine.

»Es ist so seltsam ruhig«, sagte Ewgenia aus Kirgisien, als sich eine Gruppe Übersetzer um elf Uhr abends zu einem Glas Wein in der Küche traf. Normalerweise hörte man, wenn man die Bibliothek durchquerte, die rhythmischen Geräusche.

»Der Graf wird vor lauter Entkräftung zusammengebrochen sein«, sagte Marion. »Ein Vampir kann eben doch nicht nur von Tee leben.«

Alle lachten. Katharina sah sich in der Küche um. Wie wundervoll, so viele Menschen aus verschiedenen Kulturen und Sprachen an einem Tisch versammelt zu wissen. Menschen, die alle miteinander verbunden waren durch ihre Liebe zur Sprache und ihre Entscheidung, den schönsten Beruf der Welt auszuüben.

»Vielleicht hat ihn ja auch der Streit heute Abend verschreckt«, sagte Willemijn. Sie öffnete eine der großen Weinflaschen. »Wer will noch?«

»Welcher Streit?«, fragte Katharina.

»Simon hat Janis vorhin eine Riesenszene gemacht. Seit er hier

76

ist, nervt er die Arme auf Schritt und Tritt.« Willemijn füllte die Gläser, die ihr entgegengehalten wurden. »Simon Wolf war mit Carina von Odenthal verheiratet, der berühmten Theaterautorin. Ich habe ihn gefragt, was er hier will. Angeblich übersetzt er gerade Odenthals Werke ins Englische. Er wollte aber nicht sagen, für welchen Verlag. Janis Bedford jedenfalls hat einen Vertrag – sie soll die Stücke neu ins Amerikanische übersetzen. Aber sie interpretiert einige Texte anders als Simon.«

»Sehr diplomatisch ausgedrückt«, sagte Marion. »Simon ist völlig außer sich – er wusste nichts davon. Odenthals Eltern haben die Urheberrechte geerbt, und er hat keinen Einfluss darauf, wie sie genutzt werden. Seit Simon hier ist, will er Janis seine Sicht der Odenthal-Texte aufzwingen. Vorhin war er richtig hysterisch. Es wird von Tag zu Tag schlimmer mit ihm. Die arme Janis, sie traut sich ja schon nicht mehr aus dem Zimmer.«

Katharina hatte schon viel von Simon Wolf gehört. Fanatisch hütete er das Werk seiner verstorbenen Frau, reiste durch ganz Europa, um Aufführungen ihrer Werke zu sehen und zu verdammen. Ein Mann, der sich im Besitz der Wahrheit über Carina von Odenthal glaubte. Carina, was für ein schöner Name, dachte sie. Bei ihr hatte es nur zur bodenständigen Katharina gereicht.

»In Europa und Amerika ist gerade der Odenthal-Boom ausgebrochen. Vermutlich gibt es kein Land, in dem ihre Stücke nicht übersetzt und gespielt werden.« Stepans Stimme hatte einen bitteren Unterton. »Simon glaubt wirklich, er sei der Einzige, der ihre Texte versteht. Nur seine Interpretation gilt. Alles andere ist für ihn Frevel.«

»Nur, weil er mit ihr zusammengelebt hat, muss er sie noch lange nicht besser kennen als andere. Welcher Mann kennt schon seine Frau?«, sagte Katharina.

Stepan öffnete den Mund, aber Marion war schneller. »Können wir jetzt endlich meinen Kuchen essen, bevor mein Geburtstag rum ist?«

77

Katharina steuerte zielstrebig auf die Stelle zwischen Herd und Spülbecken zu, wo sie den Kuchen auf eine Platte gestellt hatte. Verwirrt schaute sie auf die durchsichtige Kuchenhaube. Darunter war nichts. Nicht einmal die Platte. Sie hob die Haube an, als würde sich der Kuchen dadurch materialisieren. »Er ist weg«, sagte sie.

»Wie, weg?«, fragte Marion.

»Weg wie fort. In Luft aufgelöst. Krümellos verschwunden.« Katharina konnte es nicht fassen.

»Mein Geburtstagskuchen ist verschwunden?« Marion nahm den Tatort in Augenschein und sah sich dann in der Küche um. Vor der Tür zum WC entdeckte sie etwas auf dem Boden. »Von wegen krümellos. Hier ist eine Spur.« Sie folgte den Krümeln in den Toilettenvorraum und von dort durch eine weitere Tür in die Bibliothek. Dort war die Krümelspur auf den rotbraunen Fliesen gut zu erkennen. Sie führte direkt zu Zimmer 1.

»Der Graf hat meinen Kuchen geklaut!«, empörte sich Marion. Wenn es ums Essen ging, verstand sie keinen Spaß. Sie donnerte mit der Faust an die Tür und stürmte, ohne auf eine Reaktion zu warten, hinein. »Was fällt Ihnen eigentlich –« Abrupt blieb sie stehen.

Katharina, die ihr zögernd gefolgt war, sah sich im Zimmer um. Die Tür zum Badezimmer stand offen. Die Räume waren menschenleer. Eine Schreibmaschine war nirgendwo zu sehen, nur ein altes Tonband auf dem Schreibtisch, Bücher und der Computer.

Und eine Blutlache vor dem Bett.

Es war drei Uhr morgens, und immer noch saß die Runde der Übersetzer in der Küche und überlegte, ob sie jetzt etwas unternehmen mussten und wenn ja, was. Sie konnten sich nicht einig werden, ob der Graf Nasenbluten gehabt hatte oder ob etwas Schreckliches passiert war. Sollten sie die Geschäftsführerin des Übersetzerkollegiums anrufen?

78

»Nicht um diese Uhrzeit«, hatte Katharina pragmatisch erklärt. »Was soll sie machen? Eine Vermisstenanzeige aufgeben?«

»Das können wir doch tun«, sagte Stepan.

Was aber sollten sie der Polizei sagen? Wir vermissen einen Kollegen, den wir noch nie gesehen haben? Und würden sie sich nicht lächerlich machen mit einem solchen Satz und einer Spur von Kuchenkrümeln? Die kunterbunten Gäste des Kollegiums galten in Straelen und Umgebung sowieso bei vielen Einheimischen als Spinner. Nicht nur, weil sie regelmäßig in Scharen und mit Küchenhandtüchern bewaffnet an der Eingangstür in der Kuhstraße standen, um Kollegen zum Abschied zu winken.

Schließlich beschloss die Runde, bis zum Morgen zu warten. Wenn der Graf bis dahin nicht aufgetaucht war, konnten sie immer noch die Geschäftsführerin anrufen und um Rat bitten. Katharina räumte noch Gläser und Tassen in die Spülmaschine und wischte die Tische ab. Im Spülbecken lag ein kleiner, feuchter Papierschnipsel. DANK stand da in krakeligen, von der Feuchtigkeit verlaufenen Druckbuchstaben. Katharina steckte ihn ein.

Am Samstag gegen Mittag war von den Kollegen keine Spur zu sehen; von einigen wusste Katharina, dass sie nach Venlo zum Einkaufen fahren wollten. Vermutlich waren sie längst unterwegs und dachten nicht mehr an den Grafen und seine Blutlache. Widerstrebend näherte sie sich der Tür von Zimmer 1. Vielleicht war der Graf ja wieder da? Sie klopfte, erst zaghaft, dann lauter. Schließlich öffnete sie die Tür einen Spalt. Der Raum sah unverändert aus, und es roch nach Fleisch, das zu lange ungekühlt herumgelegen hatte. Die Blutlache vor dem Bett war getrocknet, und Fliegen liefen darauf herum. Sollte sie die Lache wegputzen, damit es nicht so stank? Aber was, wenn wirklich etwas passiert war? Dann würde sie Beweismittel vernichten. Katharina atmete ganz flach und näherte sich dem Schreibtisch. Woran hatte der Graf wohl gearbeitet? Ein dickes Buch lag aufgeschlagen auf dem Tisch. Sie drehte es um.

Carina von Odenthal. *Gesammelte Werke.*

Du lieber Himmel! Der Graf auch? Sie hatte ja gehört, wie Simon Wolf mit Janis Bedford umgesprungen war. Hatte er sich etwa auch mit dem Grafen gestritten und völlig die Kontrolle verloren? Und wenn ja, woher wusste Wolf, dass der Graf hier war? Hatte er gewusst, dass Janis hier sein würde? Katharina schlich sich hinaus. Hätte sie die Tür doch erst gar nicht geöffnet!

Aus der Galerie im ersten Stock war lautes Getrampel und Geschrei zu hören – tschechisch, wenn Katharina nicht alles täuschte. Stepan kam die Treppe fast herunter gefallen und sah sich hilfesuchend um. »Janis!«, keuchte er. »Janis, sie ist –« Die Stimme versagte ihm, und er nahm Katharina an der Hand und zerrte sie einmal quer durch die Bibliothek und hinter sich die Stufen zu Zimmer 10 hinauf.

Die Tür stand weit offen. Janis Bedford, die amerikanische Übersetzerin, lag auf dem Boden neben ihrem Schreibtisch, den Kopf in einer Blutlache, und rührte sich nicht.

Wieder war da dieser Geruch, der Katharina den Mageninhalt die Speiseröhre hochtrieb. Sie schluckte mit aller Macht und schüttelte sich. Wo kamen bloß diese verdammten Fliegen immer gleich her? Langsam näherte sie sich der jungen Frau, streckte zögernd die Hand aus und berührte das blasse Gesicht. Es war kühl, aber nicht kalt. Katharina rief den Notarzt.

»Wo ist dieser verdammte Graf abgeblieben?«, fragte Marion, die wild entschlossen war, den Fall selbst zu lösen. Schließlich hatte sie schon ein paar Dutzend Krimis übersetzt und liebte Rätsel.

Katharina dagegen wollte nicht über die Ereignisse spekulieren. Janis lag im Koma, und niemand wusste, ob sie überleben würde. Stepan und Katharina waren von der Polizei vernommen worden, besonders Stepan, weil er Janis gefunden hatte. »Ich war mit ihr verabredet, wir wollten zusammen arbeiten«, hatte Stepan erklärt.

80

»Das kann jeder sagen«, hatte ein Uniformierter gebrummt und dem Kollegen einen misstrauischen Blick zugeworfen. Bei der Gelegenheit stellte sich heraus, dass auch Stepan an einer Übersetzung von Odenthals Werken saß und aus Angst vor Simon Wolf behauptet hatte, er sei mit Gottfried Benns Gedichten zugange. Katharina konnte sich nicht erinnern, dass sie hier in Straelen schon einmal eine solche Konstellation erlebt hatte: drei Übersetzer, die dieselbe Autorin übersetzten. Sie hatten sich in Straelen verabredet, um sich über Odenthals Texte auszutauschen. Jeder hatte seine eigene Strategie entwickelt, mit Simon Wolf umzugehen. Stepan die Verleugnung, der Graf das Versteckspiel und Janis die offene Konfrontation. Und alle hatten die ganze Zeit dicht gehalten.

Die Geschäftsführerin des Kollegiums hatte die Krankenhäuser in Geldern und Kempen angerufen, aber niemand hatte dort einen Vasile Barbulescu behandelt. Für das Verschwinden des Grafen gab es sicher eine Erklärung, aber niemand hatte genug Phantasie, sich eine auszudenken.

Simon Wolf war ebenfalls verschwunden. Katharina hatte einen Polizisten in den zweiten Stock zu Wolfs Zimmer geführt, Nummer 16. Im Badezimmer hatte Licht gebrannt, und in der Dusche lief Wasser. Aber da war niemand gewesen. Die Fenster zur Straße hin waren offen gewesen, die Dachfenster auch. Katharina hatte sich vorsichtig im Zimmer umgesehen. Von hier aus konnte man tatsächlich aufs Dach hinaus und von dort in zwei andere Zimmer. Zum Beispiel in Nummer 10.

»Danke, ich komme allein zurecht«, hatte der Polizist gesagt, als ihm endlich einfiel, dass Katharina hier eigentlich nichts zu suchen hatte.

Wenig später rückte ein Trupp von der Spurensicherung an, um die Zimmer von Janis Bedford, Simon Wolf und dem Grafen auf den Kopf zu stellen. Damit waren sie immer noch beschäftigt, während die Gäste des Kollegiums ratlos in der Küche saßen und sich fragten, wie dieser ganze Schlamassel bloß hatte geschehen können.

Wie oft hatten sie in der Küche zusammen gesessen und darüber gescherzt, dass sich das verwinkelte Haus ganz wunderbar für einen Mord eignete und ob man nicht einmal einen Verleger, der Übersetzer besonders schäbig behandelte, hierher locken sollte. Aber jetzt war gar nichts mehr lustig daran. Die grausame Realität war in diesen friedlichen, freundlichen Ort eingedrungen und hatte alles auf den Kopf gestellt. Sonst lebten hier alle nach ihrer eigenen Façon, nach ihrem ganz persönlichen Rhythmus, ohne Rechenschaft ablegen zu müssen. Ganz plötzlich ging es nur noch darum, wer wann wo gewesen war und ob es Zeugen dafür gab. Und jedes Mal, wenn eine Person nicht genau wusste, wo sie gewesen war, sahen die Polizisten aus, als wollten sie die Handschellen zücken.

Stepan hatte Angst. »Wer weiß, wo Simon ist. Und was er mit Vasile gemacht hat. Der Kerl ist völlig irre. Und vielleicht haben Janis oder Vasile ihm ja gesagt, dass ich auch an einer Odenthal-Übersetzung arbeite. Dann wird er auch hinter mir her sein.«

Es musste ein schreckliches Gefühl sein, sich hier im Kollegium nicht mehr wie zu Hause zu fühlen, dachte Katharina. Für sie war der Aufenthalt im Übersetzerkollegium wie eine Kur für die Seele. Kaum hatte sie die Eingangshalle betreten, legte sich der Geist des Hauses um sie wie ein schützender Mantel. In den wenigen Wochen, die sie dort verbringen konnte, war ihr nicht nach Ausflügen zumute. Es genügte ihr, gelegentlich durch die Straßen von Straelen zu schlendern, sich über die alten Häuser zu freuen, über das rote Haus Am Taubenturm zu kichern, donnerstags über den Wochenmarkt zu streifen und sich mit leckeren Sachen fürs Wochenende einzudecken. Gelegentlich erlag sie dann der Versuchung, eine große Tüte mit bunten Nähgarnen zu erstehen oder einen Strauß Blumen, weil die Farben so fröhlich waren.

Und jetzt das. Dennoch spürte sie selbst keine Furcht. Sie hat-

82

te beruflich nie etwas mit Odenthals Texten zu tun gehabt und gehörte nicht zu den Gefährdeten. Auch die Bibliothek flößte ihr keine Angst ein – niemand konnte sich dort anschleichen, ohne von dem knarrenden Holz verraten zu werden.

Draußen in der Eingangshalle waren merkwürdige Geräusche zu hören. Tiefes Murmeln, leises Schimpfen, ein Wimmern. Katharina, die am dichtesten an der Tür saß, öffnete sie vorsichtig und spähte hinaus. Bevor sie etwas erkennen konnte, wurde die Tür von außen kräftig zugezogen.

»Wir sind da wohl gerade unerwünscht«, sagte sie.

Es dauerte jedoch nicht lange, bis die Tür wieder aufging. Die Eingangshalle war leer. Die Geschäftsführerin setzte sich zu ihnen an den Tisch und zündete sich eine Zigarette an.

»Die Polizei hat Herrn Wolf gefunden«, sagte sie. »Im Gewölbekeller unter dem Haus.«

Stepan seufzte erleichtert. Die meisten schauten verwirrt auf die Tür, die von der Küche in den Gewölbekeller führte, zu Wasser- und Weinvorräten und zu den Waschmaschinen.

»Nein, nicht hier«, sagte die Geschäftsführerin. »Wir haben noch einen Keller. Wenn Sie neben Zimmer 4 die Treppe hinunter gehen. Er geht bis tief unter die Häuser. Ganz hinten kann man nicht mal mehr stehen, und Beleuchtung gibt es da auch nicht mehr. Jedenfalls lag Herr Wolf dort. Er sah schrecklich aus. Zerkratzt und blutverschmiert. Ich glaube, er hat den Verstand verloren.«

Soweit die Polizei es bis jetzt rekonstruieren konnte, hatte es zwischen Janis Bedford und Simon Wolf ein Handgemenge gegeben, bei dem sie sich gegenseitig verletzten. Janis war zusammengebrochen, und Simon war über das Dach zu seinem Zimmer geflüchtet. Aus Angst, Janis umgebracht zu haben, und unter dem Einfluss einer schweren Gehirnerschütterung hatte er sich anscheinend in den hintersten Winkel verkrochen, den er finden konnte.

»Hat er gesagt, was er mit Vasile gemacht hat?«, fragte Stepan.

Die Geschäftsführerin grinste verschmitzt. »Dieses Rätsel habe ich gelöst«, sagte sie, verschwand kurz und kam mit einem Mann wieder, in dessen dunklem, verwuscheltem Haar und Vollbart erste Silberfäden glänzten. Seine linke Hand war verbunden.

»Ich bin Vasile Barbulescu«, sagte er.

Stepan sprang auf, um den Kollegen erleichtert in die Arme zu schließen.

»Nicht übel für 'n Vampir«, rutschte es Katharina heraus.

Vasile löste sich aus der Umarmung und sah die Geschäftsführerin fragend an. Die nickte in Katharinas Richtung.

»Dank für den Kuchen«, sagte er. »Woher wussten Sie meinen Geburtstag?«

Nach einem Moment der Verwirrung tastete Katharina nach dem kleinen Zettel, den sie seit Freitagnacht in der Hosentasche hatte. Dem Zettel mit dem gekrakelten DANK. »Der ist von Ihnen«, sagte sie.

»Ja. Sie haben ihn gefunden, gut.« Er lächelte wieder.

Sie hatte ein Blatt rotes Papier mit der Aufschrift »Für das Geburtstagskind von Katharina» auf die Kuchenhaube geklebt, und er hatte sich angesprochen gefühlt. Also kein Kuchendieb im Übersetzerkollegium. Das rückte ihr Weltbild wenigstens in dem Punkt wieder zurecht.

»Und wo waren Sie die ganze Zeit?«

Er erzählte, dass er herzkrank war und ein blutverdünnendes Mittel nehmen musste. An dem Freitagabend, als Simon und Janis den großen Streit hatten, schnitt Vasile gerade einen Apfel auf, als Simon plötzlich draußen an der Terrassentür zu randalieren begann. Vasile war so erschrocken, dass er sich in die Hand geschnitten hatte, die nicht mehr aufhören wollte zu bluten. Also hatte er einen Freund angerufen, der ihn ins Krankenhaus brachte. Und ihm seine Versichertenkarte gab, weil Vasile keine hatte. Deshalb hatte die Geschäftsführerin ihn unter seinem Namen nicht finden können. »Seinen« Geburtstagskuchen hatte er dem Freund geschenkt, um sich für die Gefälligkeit zu bedanken, und der hatte im Gegenzug darauf bestanden, dass Vasile nach seiner Entlassung aus dem Krankenhaus noch bei ihm blieb, um richtig zu feiern. Die Geschäftsführerin hatte sich an den Freund erinnert, weil Vasile ihm einmal ein Fax geschickt hatte, und hatte ihn mit detektivischem Spürsinn gefunden.

»Wer hier nicht lernt, wie man sorgfältig recherchiert, dem ist nicht mehr zu helfen«, sagte sie.

Für das Verschwinden des Grafen gab es also doch eine Erklärung, aber so eine Geschichte hätte Katharina sich wirklich nicht ausdenken können. Jedenfalls war sie unendlich erleichtert, dass auch dieses Rätsel jetzt gelöst war. Eines aber musste sie noch wissen.

»Warum arbeiten Sie noch mit einer Schreibmaschine?«, fragte sie den Rumänen.

»Wie kommen Sie denn darauf? Ich schreibe am Computer«, erwiderte er. »Ach - ich weiß.« Er stand auf. »Ich zeige es Ihnen.«

Die ganze Übersetzerrunde erhob sich und folgte ihm zu Zimmer 1, wo er sie zum Schreibtisch führte und das Tonband einschaltete. Das rhythmische Klappern einer Schreibmaschine ertönte.

»Meine Eltern sind beide Schriftsteller. Sie haben immer nachts gearbeitet. Wenn ich das Klappern nicht höre, kann ich einfach nicht schlafen.«

Und mit dem vertrauten, rhythmischen Klappern einer Schreibmaschine im Hintergrund gingen sie wieder in die Küche, um die nächste Flasche Wein zu öffnen.

Der Mann von nebenan

»Du bist ein egoistisches Miststück! Immer denkst du nur an dich!«, hatte mein Sohn mir vor Jahren einmal entgegengeschleudert. Ich hatte ihm einen waidwunden Rehblick zugeworfen, um ihm ein schlechtes Gewissen zu machen, aber im tiefsten Inneren meines Herzens wusste ich, dass er recht hatte.

Natürlich darf ich das als Frau und Mutter nicht zugeben. Mütter denken nun mal immer zuerst an die anderen. Jedenfalls die Mütter, die ich so kenne. Und auch ich tue selbstverständlich alles, um einen aufopferungsbereiten Eindruck zu machen. Was bleibt einer Hausfrau denn auch übrig? Zu meiner Zeit hieß es noch: »Du brauchst nichts zu lernen, du heiratest ja doch mal.«

Mit sechzehn musste ich von der Schule abgehen. Mit zwanzig heiratete ich Dieter, bekam im Abstand von je drei Jahren genauso viele Kinder. Und während mein Mann immer früher aus dem Haus ging und immer später aus dem Büro kam, war ich mit der ganzen Palette von Windeln wechseln über Kindergeburtstage ausrichten und Mittel gegen Pickel kaufen beschäftigt. Ich liebe meine Kinder, aber als sie ihr Abitur in der Tasche hatten, habe ich sie sanft und nachdrücklich zur Selbstständigkeit gedrängt. Ich ging sogar so weit, an den entsprechenden Studienorten mit ihnen den Waschsalon aufzusuchen und ihnen die Bedienung der Maschinen zu erklären, damit sie nur ja nicht auf die Idee kamen, an den Wochenenden bei uns einzufallen. Natürlich sind die Kinder jederzeit willkommen – wenn sie keine Wäsche mitbringen.

Als sie endlich aus dem Haus waren, atmete ich erleichtert auf und richtete mich in meinem neuen Leben ein – nicht ohne nach außen pflichtschuldigst zu seufzen und zu jammern, wie nutzlos man sich als Mutter vorkommt, wenn die lieben Kleinen einen nicht mehr brauchen. Endlich jedoch konnte ich nach Lust und Laune lernen: Ich besuchte Volkshochschulkurse, schrieb mich an der Universität als Gasthörerin ein, ging in Museen und Konzerte. Französisch, klassische Musik, Malerei, Geschichte – endlich konnte ich lernen, so viel ich wollte. Und mich von der Lernerei im Garten erholen, wo ich mit großer Begeisterung Clematis züchtete.

Dieter nahm das Erwachsenwerden seiner Sprösslinge viel schwerer: Er stürzte in den Abgrund der Midlife-Crisis, wobei er verzweifelt von einer jungen Frau zur nächsten taumelte. Ich war gekränkt, aber ich tat, als würde ich seine Affären nicht bemerken. Was hätte es mir schon gebracht, ihn zur Rede zu stellen? Streit, hässliche Worte, giftige Blicke, Schuldzuweisungen: »Du tust ja immer« und »du machst ja nie«, wie ich es bei meinen Eltern und vielen anderen Paaren schon erlebt hatte.

Mit der Zeit ließ das Gefühl der Kränkung nach; ich betrachtete Dieter jetzt als einen Kranken, der nicht anders konnte, und begann die positiven Seiten zu sehen: Er hatte ein so wunderbar schlechtes Gewissen, dass er keinen Geburtstag und keinen Jahrestag mehr vergaß, mir regelmäßig Blumen mitbrachte und gegen kein Seminar, an dem ich teilnahm, etwas einzuwenden hatte. Im Gegenteil, er ermunterte mich geradezu, etwas für mich zu tun. Und das tat ich ausgiebig.

Aber eines schönen Tages, kurz nach seinem achtundfünfzigsten Geburtstag, saß ich – nichts Böses ahnend – in der Küche, als er mit einem glücklichen Lächeln und einem Arm voller Rosen hereinkam.

»Schatz«, sagte er und überreichte mir die Blumen, »ich habe eine wunderbare Nachricht. Ab nächsten Monat bin ich im Vorruhestand. Wir haben dann wieder richtig Zeit für uns und können

88

es uns gemütlich machen. Weißt du noch, früher ...« Seine Augen glänzten in einem heftigen Anfall von Sentimentalität, als er den Arm um mich legte und mich fast mit seinem neuen Lieblings-Eau-de-Toilette erstickte. Früher? Das Früher, das er meinte, lag über dreißig Jahre zurück und hatte nicht lange gedauert. Wir hatten wenig Geld und waren so verliebt, dass es uns nichts ausgemacht hatte. Das war damals eben so, nicht wie heute, wo sich die Leute ihre Partner danach aussuchen, was sie im Aktiendepot haben.

»Na, freust du dich?«, fragte Dieter und drückte mir einen zarten Kuss auf den Mund. Das hatte er schon lange nicht mehr getan. Ob ihm seine letzte Flamme den Laufpass gegeben hatte?

Ich lächelte verkrampft und murmelte: »Das ist wirklich eine Überraschung.« Nur mühsam konnte ich meinen Schock verbergen. Ich dachte an die Damen in meiner Gymnastikgruppe, die fast alle Horrorgeschichten von pensionierten Ehemännern zu berichten hatten. Ganz plötzlich interessierten die sich dafür, wie man die Waschmaschine bediente, in welchen Supermarkt ihre Frauen einkauften und ob die Gartenerde nicht vielleicht doch woanders billiger gewesen wäre.

»Ich kann dir ja dann im Haushalt ein wenig zur Hand gehen«, sagte der Bald-im-Vorruhestand-Dieter, als wollte er meine schlimmsten Befürchtungen wahr werden lassen. Mein Entsetzen verwechselte er offensichtlich mit freudiger Überraschung. »Ich hab gewusst, dass dich das umhaut. Komm, wir machen ein Fläschchen Sekt auf und feiern.«

Mit den Rosen im Arm wankte ich ins Badezimmer, schloss die Tür hinter mir und ließ mich auf den Toilettensitz sinken. Womit hatte ich das verdient? Warum konnte Dieter nicht weiterarbeiten bis fünfundsechzig wie andere Männer, die ihr Leben lang nur den Beruf gekannt hatten? Warum gönnte er mir die paar glücklichen Jahre nicht? Es hatte mich so viel Mühe gekostet, die Kinder aus dem Hotel Mama zu vertreiben, und jetzt, wo ich mir ein so wunderbares Leben aufgebaut hatte, wollte er plötzlich den Häuslichen mimen und dieses Leben mit mir teilen? Mir hätte es weiterhin völlig genügt, ihn als schmückendes Beiwerk zu betrachten.

Nach dem ersten Schreck beschloss ich, gute Miene zum Spiel zu machen. Vielleicht wurde es ja gar nicht so schlimm, wie die anderen es immer beschrieben hatten.

Anfangs ging auch alles gut; vermutlich kam Dieter sich vor wie im Urlaub. Aber nach ein paar Monaten wurde er unruhig. »Wo gehst du denn hin, Schatz?« wurde seine Lieblingsfrage, gleich gefolgt von »Wann kommst du wieder?«. Ich fühlte mich beengt und beobachtet; früher hatte es ihn nicht gekümmert, was ich den ganzen Tag trieb, solange er abends etwas zu essen bekam und seine Hemden gebügelt im Schrank hingen. Und das Schlimmste an der ganzen Sache war, dass ich noch nicht mal richtig wütend auf ihn sein konnte; kam ich nämlich zur angegebenen Zeit nach Hause, war der Tisch hübsch gedeckt und das Essen fertig. Dass er aber mittlerweile besser kochte als ich, nahm ich ihm schon übel.

Dieter mähte den Rasen, erledigte kleine Reparaturen und sorgte für guten Kontakt mit den neuen Nachbarn.

»Du hast es gut«, seufzte Margot, die Nachbarsfrau, eines Tages. »Der Dieter ist so hilfsbereit. Wenn ich da an meinen Werner denke – der lässt sich nur bedienen und redet sich dauern mit seinem schwachen Herzen raus.«

Meine Mutter hatte es auch am Herzen gehabt, aber die hatte sich nie geschont und war trotz ihrer vielen Medikamente früh gestorben. »Glaubst du denn, Werner simuliert?«, fragte ich.

Margot zuckte die Schultern. »Ich weiß es nicht. Und sein Arzt weiß es auch nicht. Jedenfalls kriegt er regelmäßig irgendwelche Anfälle, für die er anderen die Schuld gibt – seinen Stammtischbrüdern, dem Hund von nebenan, mir, na, wer ihm halt gerade so einfällt.« Sie sah aus meinem Küchenfenster in den Vorgarten, wo Dieter gerade hingebungsvoll den Rasen mähte und die Schnittkanten säuberte. »Ach, du weißt gar nicht, wie gut du es hast.«

90

Margot kam immer öfter vorbei, jammerte über Werner und beneidete mich um Dieter. Sie fing an, mir auf die Nerven zu gehen, genau wie Dieter, der sich jetzt nicht mehr damit begnügte, irgendetwas besser zu können als ich, sondern der mir das nun auch noch bei jeder Gelegenheit mitteilen musste. Nicht, dass er mir offen ins Gesicht gesagt hätte, dass ihm etwas nicht passte; dass hätte ja zu Streit führen können, und davon hielten wir beide nichts. Stattdessen murmelte er bei jeder sich bietenden Gelegenheit gerade so laut in seinen Bart, dass ich es eben noch verstehen konnte. Er beschwerte sich, wenn die leeren Wasserflaschen nicht in einer bestimmten Reihenfolge in den Kasten geräumt wurden, er suchte fluchend den Eimer mit dem Biomüll, wenn ich gerade damit zum Komposthaufen unterwegs war, er machte abfällige Bemerkungen über die Wahl meiner Tischdecken und fand plötzlich die Anordnung des Bestecks in der Schublade völlig unökonomisch. Wenn er keinen konkreten Anlass zum Meckern hatte, gab er allgemeines Gemurmel über den Inhalt der Schränke von sich. Kurz gesagt, er ging mir entsetzlich auf die Nerven. Eigentlich war es sogar mehr als das: Ich zuckte schon zusammen, wenn ich sein vorwurfsvolles Gemurmel hörte, wusste ich doch, dass er mich damit kritisierte. Immer häufiger klapperte er dabei laut mit allem, was ihm zur Verfügung stand: Wasserflaschen, Mülltonnendeckel, Besteck. Aber warum bloß? In all den Jahren zuvor hatte er doch nicht einmal registriert, wo die Mülltonne überhaupt stand! Und dann diese Margot, die mir immer erzählte, wie gut ich es hätte ... Am liebsten hätte ich ihr Dieter geschenkt.

Das war überhaupt keine schlechte Idee – hatte Dieter nicht neulich erst lobend erwähnt, dass Margot sich für ihr Alter besonders gut gehalten hätte? Aber wie sollte ich ihn dazu kriegen, dass er mich verließ? Die Scheidung einzureichen kam für mich nicht infrage. Das hätte jede Menge peinliche Situationen gegeben, und außerdem wollte ich das Haus behalten. Schließlich hatte ich den Großteil meines Lebens damit verbracht, es zu erhalten und zu pflegen. Auch der Garten war mir sehr ans Herz gewachsen – trotz der dilettantischen Umgestaltungsversuche Dieters. Die beste Lösung wäre, wenn er sich mal wieder in eine andere Frau verlieben und mich ihretwegen verlassen würde. Aber woher nehmen und nicht stehlen? Die einzige Frau, für die er in letzter Zeit Interesse gezeigt hatte, war Margot. Und die hatte ja noch ihren Werner am Hals.

Wie der Zufall so spielt, klopfte Werner eines Tages auf der Suche nach meinem Göttergatten an mein Küchenfenster. Ich bat ihn herein, und während ich uns einen Tee aufbrühte, kam mir die Idee zu testen, ob Werner es wirklich am Herzen hatte oder nicht.

Er hatte. Noch am gleichen Abend fuhr bei den Nachbarn der Notarztwagen vor und bestätigte meine Ansicht, dass auch uralte Herztropfen mit abgelaufenem Verfallsdatum noch für irgendetwas gut waren.

Selbstverständlich brauchte unsere tapfere Nachbarin Margot nach dem Tod ihres Mannes tatkräftige Unterstützung, und wer wäre besser geeignet gewesen, an ihre Seite zu eilen, als Dieter?

»Geh nur, Margot braucht dich«, sagte ich eins ums andere Mal, bis er schließlich gar nicht mehr fragte.

Ein Jahr nach Werners Tod zog Dieter zu Margot. »Du kannst das Haus behalten«, sagte er großmütig. »Und wenn du willst, mähe ich weiter den Rasen Aber eigentlich hast du mich nie so richtig zu schätzen gewusst.«

Zutiefst verletzt sah ich ihm in die Augen und schnäuzte mich in ein spitzenumhäkeltes Taschentuch. »Glaubst du das wirklich?«

Er floh, um meine Tränen nicht mit ansehen zu müssen. Dass es Tränen der Freude waren, konnte er ja nicht wissen.

Margot und ich blieben gute Nachbarinnen. Ich wurde allgemein dafür bewundert, dass ich dieser Schlange, die mir den Ehemann genommen hatte, nicht die Augen auskratzte, sondern ihr die Blumen goss und den Briefkasten leerte, wenn sie mit Dieter in Urlaub fuhr.

92

Warum ich Ihnen das alles erzähle? Weil heute Nachmittag meine Nachbarin zum Kaffee da war, und bei der zweiten Runde Kuchen sagte sie so ganz nebenbei: »Ach, weißt du, der Dieter ist ja wirklich ein lieber Kerl, und er meint es ja nur gut, aber manchmal wünschte ich, er würde sich eine andere suchen.«

Nach Diktat vereist

Der Zufallsgenerator für das Wochenhoroskop in TV Sternenklar hatte für Krebse der ersten Dekade ein ruhiges, gemütliches Wochenende ausgewürfelt. Diese Sorte Horoskop sollte verboten werden – die Ergebnisse entbehren jeder seriösen Grundlage, aber man liest sie trotzdem und macht sich darüber Gedanken.

Grundsätzlich bin ich für ein ruhiges, gemütliches Wochenende immer zu haben, am besten mit einem Stapel Bücher im Bett. Stattdessen war ich an diesem Sonntagmorgen wieder einmal sehr früh aufgestanden, um in die Firma zu radeln und Dinge zu erledigen, die am Freitag liegengeblieben waren. Mein Chef kann ein ziemlicher Stinkstiefel sein, wenn nicht alles nach seinem Kopf geht; Skorpion mit Aszendent Skorpion. Das erklärt wohl auch seine Leidenschaft für blutrote Krawatten.

Ich arbeitete schon seit ein paar Jahren beim MDW Medizinproduktevertrieb, und anfangs hatte es mir auch sehr viel Freude bereitet: Der Chef schien geduldig, feinfühlig und idealistisch; ich konnte ihn gut leiden und kniete mich in die Arbeit. Mein Einsatz wurde mit einer Gehaltserhöhung und mit mehr Verantwortung belohnt.

Vor einiger Zeit hatte sich das Blatt jedoch gewendet. Natürlich habe ich für Stimmungsschwankungen Verständnis – wir Krebse sind schließlich geradezu berüchtigt dafür –, aber wie mein Chef sich im letzten Jahr entwickelt hatte ... Er beharrte unerbittlich auf seiner Meinung, duldete auch nicht die geringste Schwäche und war ausgesprochen intolerant und nachtragend geworden. Mittlerweile schlichen wir alle schon mit eingezogenem Kopf und auf Zehenspitzen durch die Räume, wenn er im Haus war.

Ein zartfühlender Krebs kann sich diesen Streß nicht zumuten. Ich kann es einfach nicht ertragen, wenn mich jemand anschreit, und eine Sonderschicht am Sonntag zur Verhütung dieser Schreierei schien mir lange Zeit das kleinere Übel. Außerdem hoffte ich schon seit Monaten – vergebens – darauf, dass mein Chef sich wieder in den Menschen zurückverwandeln würde, der mich damals eingestellt hatte.

Mit meiner Selbstausbeutung sollte nun endlich Schluss sein, hatte ich mir vorgenommen. Krebse sind ja dafür bekannt, dass sie von allen Sternzeichen am längsten in unbefriedigenden Arbeitssituationen ausharren, aber was zu viel ist, ist zu viel. Dieser Sonntag wird dein letzter in der Firma sein, schwor ich mir.

Als ich mich um halb sechs aufs Fahrrad schwang, lag Groß-Zimmern noch im Tiefschlaf. Auf dem Weg in die Röntgenstraße begegnete mir keine Menschenseele. Nicht einmal eine Katze, die von der nächtlichen Jagd heimkehrte.

Ich stellte das Fahrrad auf den Hof der Firma, deaktivierte die Alarmanlage und schaltete sie hinter mir wieder ein. Nicht, dass ich am Sonntagmorgen einen Überfall befürchten müsste, aber »my home is my castle«, und die Firma war mir mittlerweile so vertraut wie eine alte Freundin. Ich genoss es, ihre vielen Wände ungestört für mich zu haben.

Kaum hatte ich das übliche Morgenritual beendet – Rechner und Kopierer einschalten, Kaffeepulver und Wasser in die Maschine und anschalten –, als ich aus den Augenwinkeln etwas wahrnahm. Es war keine Bewegung im eigentlichen Sinn, aber etwas hatte sich verändert. Ich schaute mich um. Der Rechner summte unverändert Bereitschaft, das Display des Kopierers zeigte immer noch »Bitte warten«. Mein Blick schweifte wachsam durch den Flur. Da – die Kontrolllampe der Alarmanlage war ausgegangen!

96

Was konnte das bedeuten? Stromausfall kam nicht infrage; außerdem gab es für Alarmanlage und Kühlraum ein Notstromaggregat. Wenn die Kontrolllampe ausging, ohne dass der Alarm ausgelöst wurde, konnte das nur eines bedeuten: dass noch jemand im Haus war, der ebenfalls einen Schlüssel hatte. Außer mir kam sonntags eigentlich nie jemand in die Firma. Der Chef konnte es nicht sein, und meine Kollegin sonnte sich gerade auf Rhodos beziehungsweise erholte sich von der Nacht in der Disco.

Auf Zehenspitzen schlich ich den Flur mit dem dicken Teppichboden entlang, um ins Treppenhaus zu lauschen. Ich hörte Sohlen durch die geflieste Eingangshalle quietschen, dann das leise Ächzen der schweren Brandschutztür, die ins Lager führte. Auch die Frau des Chefs konnte ich streichen: Ihre achillessehnenverkürzenden Absätze machten auf den Fliesen scharfe Knallgeräusche. Ich konnte mich auch nicht erinnern, dass von den Mitarbeitern jemand Quietschesohlen trug.

Mein Herz klopfte bis zum Hals, und meine ganze Krebsnatur riet mir, mich leise zurückzuziehen, in meinen Panzer zu verkriechen und zu warten, bis die Gefahr vorüber war. Aber irgendetwas anderes in mir musste unbedingt wissen, wer da am Sonntagmorgen in aller Herrgottsfrühe in der Firma herumgeisterte und meine Ruhe störte.

Dieses Etwas brachte mich schließlich auf die simple Idee, einen Blick auf den Firmenparkplatz zu werfen. Dort stand des Rätsels Lösung: ein älterer, schmutzig-grauer VW Golf mit einer Beule im linken Kotflügel – das Auto unseres Hausmeisters.

Ich atmete erleichtert auf und wollte mich an die Arbeit machen, als mir einfiel, dass ich heute Morgen etwas Dringendes im Lager erledigen musste. Aber als Gewohnheitstier hatte ich natürlich zuerst das getan, was ich jeden Tag machte, wenn ich in der Firma eintraf ...

Mit dem beunruhigenden Gefühl, mich besonders dämlich angestellt zu haben, ging ich die Treppe hinunter und hinter dem

Hausmeister her ins Lager. Die Quietschesohlen schienen mir entgegenzukommen, und als ich um die Ecke bog, stand er vor mir, bleich wie ein Gespenst und mit zitternden Fingern.

»Morgen, Herr Gruber«, grüßte ich freundlich. »Schon so früh unterwegs?«

Er starrte mich mit offenem Mund an. »Frau Schiffer? Achgottachgott!« Er sah aus, als würden ihm gleich die Beine wegsacken.

Ich bin nicht gerade eine umwerfende Schönheit, und besonders eitel bin ich eigentlich auch nicht, aber dass er bei meinem Anblick einen Zusammenbruch mimte, kränkte mich schon sehr. Andererseits – es musste etwas Ungewöhnliches passiert sein; warum sollte Herr Gruber sonst von seiner alten Gewohnheit abweichen, mich mit »Ei guhde, wie?« zu begrüßen?

Der Hausmeister starrte mich immer noch mit schreckgeweiteten Augen an und brabbelte unzusammenhängendes Zeug. »Unsern Scheff« glaubte ich aus dem Gestammel herauszuhören.

»Unser Chef ist in Kalifornien, Herr Gruber. Er schwimmt im Pazifik und feiert vermutlich heiße Strandpartys. Der hat's gut.«

»Achgottachgottachgott«, stammelte er weiter und fummelte nach einem Taschentuch, um sich den Schweiß abzutrocknen. »Achgottachgottachgott, unsern arme Scheff.«

»Was haben Sie eigentlich dauernd mit unserem Chef? So schlecht ist es in Kalifornien nun auch wieder nicht.«

»Achgott«, echote er, diesmal schon schwächer.

Langsam wurde ich ungeduldig – und ein bisschen nervös. »Jetzt beruhigen Sie sich erst mal.« Ich klopfte ihm auf die Schulter und bemühte mich um einen freundlichen Krankenschwesterton. Schließlich gelten wir Krebse als ausgesprochen langmütig. »Was ist denn passiert?«

»Unsern Scheff ... mei Luwies ... mei Erbse«, brachte er hervor.

Von seiner mangelnden Kooperationsbereitschaft mehr genervt, als es einem langmütigen Wesen ziemt, zerrte ich ihn in die Eingangshalle, deponierte ihn auf einem Stuhl und war in Null Kom-

98

ma nichts mit einem dampfend heißen Kaffee zurück, den ich ihm in die Hand drückte. Wie groß seine Hände waren! Das war mir bisher nicht aufgefallen.

Er lächelte mich dankbar an, packte die Tasse und leerte sie in einem Zug. Schon vom Zusehen bekam ich Brandblasen auf der Zunge.

»Was ist denn jetzt?«, bohrte ich.

Er zuckte die Achseln und wurschtelte das Taschentuch wieder in die Hose. Der Mann war mir ein Rätsel. Er weigerte sich übrigens seit jeher standhaft, mir seinen Geburtstag zu verraten. Um festzustellen, dass er nicht der Schlauesten einer war, brauchte ich ihm allerdings kein Horoskop zu stellen.

»Ei, Sie gucke am beste selwer«, rang er sich schließlich ab.

Und als ich ihn begriffstutzig ansah, nahm er mich nun seinerseits bei der Hand, zog mich hinter sich ins Lager bis zum Kühlraum und zeigte auf die Tür.

»Da, da isser drin.«

»Wer?«

»Ei, unsern Scheff nadierlisch!«

So natürlich war das eigentlich nicht – schließlich hatte der Chef für dieses Wochenende ja andere Pläne gehabt, und zwischen kalifornischen Nächten und unserem Firmenkühlraum gab es nicht nur beachtliche Temperaturunterschiede, sondern auch eine erhebliche Behaglichkeitsdifferenz.

Schweren Herzens öffnete ich die Tür des Kühlraums. Das heißt, ich versuchte sie zu öffnen, aber sie ging nicht auf. Das konnte sie ja auch gar nicht – schließlich hatte sie eine eingebaute Öffnungszeitverzögerung. Ich eilte zum zuständigen Schaltkasten, riss die Klappe auf und drückte den Notschalter. Dann tippte ich mit schnellen Fingern auf die Tasten der Programmierungsfläche, sodass die Öffnungszeitverzögerung, die ich für das Wochenende auf zwölf Stunden verlängert hatte, wieder auf die üblichen fünfzehn Minuten eingestellt war.

Bei diesen elektronisch gesicherten Kühlräumen war nie ganz auszuschließen, dass die Tür hinter einem wieder ins Schloss fiel oder sogar in unwissender Absicht zugezogen wurde. Und fünfzehn Minuten in diesem Eisloch waren eine ausreichend lange Zeit für ein Kältetrauma.

Herr Gruber starrte wie gebannt auf die Stahltür, die sich nun langsam öffnen ließ. Der Chef lag mitten im Kühlraum auf dem Bauch und sah ziemlich steif aus.

»Nix anfasse«, sagte Herr Gruber, der sicherheitshalber in der offenen Tür stehengeblieben war. »Des weiß ich aussem Fernseh'.«

Dennoch tastete ich mit allen Anzeichen des Widerwillens an dem eisigen Hals herum. Irgendwas musste ich ja tun, oder? Mein Puls raste. Bloß nichts falsch machen.

Der Hals des Chefs war eiskalt, und der Hinterkopf war blutverkrustet. Wieso Blut? Wo kam denn das Blut her?

Bevor mich eine Woge des Mitgefühls überschwemmte, gewann zum Glück mein praktischer Steinbockaszendent die Oberhand. Ich eilte hinaus. Herr Gruber musste wohl den Gefühlsaufruhr in meinem Gesicht gesehen haben, denn er tätschelte mir unbeholfen die Hand. »Dem könne mer doch nit mehr helfe.«

Ich biss mir auf die Zunge und eilte mit dem Hausmeister im Schlepptau zum nächsten Telefon.

Für den Notarzt war es zu spät, da hatte Herr Gruber schon recht. Sicherheitshalber rief ich die 110 und schilderte die Lage; sollten die doch entscheiden, wen sie schickten. Nicht, dass mir nachher jemand Vorwürfe machte.

Jetzt, wo das Notwendige getan war, gaben die Knie unter mir nach. Diesen Sonntag hatte ich mir wirklich anders vorgestellt. Eigentlich wollte ich am Computer des Chefs etwas Wichtiges erledigen. Quartalsabrechnungen, Inventur der Lagerbestände und anderes.

Herr Gruber neben mir sagte irgendetwas, und das riss mich aus meinen Überlegungen. Wie in jedem Mordfall würde die Polizei si-

100

cher den Computer des Chefs beschlagnahmen. Der Hausmeister sah mich für einen kurzen Moment durchdringend an. Wusste er vielleicht, dass ich mir am Sonntag heimlich im Büro des Chefs zu schaffen machte? Was hatte er überhaupt an einem Sonntag im Lager zu suchen? Wenn ich nur sein Sternzeichen wüsste!

Mir klopfte das Herz bis zum Hals, und ich rieb meine schweißnassen Hände zitternd am Polster des Bürostuhls ab. Aber wenn ich schon zusammenbreche, dann nicht vor Publikum. Gegen Gefühlsüberschwang half nur Aktivismus.

Mit den Worten »Ich koche uns noch einen Kaffee« manövrierte ich Herrn Gruber nach oben. Dort fing er plötzlich wieder mit den »Erbse« an und mit seiner »Luwies«, womit seine Göttergattin Luise gemeint war. Ich wusste nicht nur alles über »Luwies«, ich kannte auch sämtliche Spitz- und Kosenamen seiner gesamten Verwandtschaft. Warum alle Leute meinen, mir ihre Lebensgeschichte erzählen zu müssen, war mir ein echtes Rätsel. Eine befreundete Astrologin hatte mir einmal gesagt, dass Krebse spätestens in der Lebensmitte lernen, sich so etwas vom Hals zu halten. Ich war gerade dreißig geworden und immer noch der seelische Mülleimer meiner Freunde und Verwandten. Ob das hieß, dass ich noch ein langes Leben vor mir hatte?

In der Zwischenzeit murmelte Herr Gruber immer noch vor sich hin. Ich glaubte, vor allen Dingen »mei Erbse« ausmachen zu können. Dass Herr Gruber einen an der Erbse hatte, vermutete ich zwar schon länger, aber natürlich war ich für jede Bestätigung meiner Theorie dankbar.

Mit Kaffeenachschub, Geduld und Spucke brachte ich ihn dazu, das Geheimnis der Erbsen preiszugeben. Er benutzte unseren Kühlraum heimlich als Zwischenlager für Tiefkühlvorräte, die er im benachbarten Supermarkt einkaufte. Da er die Erbsen für das Sonntagsessen im Kühlraum vergessen hatte, war er heute Morgen hierher geeilt, um sie zu holen, bevor seine »Luwies« es bemerkte und ihm die Hölle heiß machte.

Sie hielt anscheinend nichts von dieser Zwischenlagerung. »Wisse Se, mei Luwies sacht immer, Kall, sacht se, her uff mit dem Quatsch, eines Tachs erwischt dich de Scheff, und dann is die schee Betriebsrente futsch.«

Wie das Leben so spielte, hatte es jetzt den Chef erwischt. Und machte diese Situation meinen Kollegen »Kall«, den Hausmeister, nicht zu einem erstklassigen Verdächtigen? Bevor ich noch dazu kam, dieser interessanten Betrachtung weiter nachzugehen, klingelte es bereits Sturm.

Es war das ungeduldige Läuten einer Kriminalhauptkommissarin, die früh am Sonntagmorgen aus dem Schlaf gerissen worden war und keine Zeit zum Duschen und Frühstücken gehabt hatte. Zum Kämmen vermutlich auch nicht, denn ihr dichtes, dunkles Haar fiel zerzaust über die Schultern.

»Hauptkommissarin Ina Dehler, Kripo Darmstadt«, sagte sie und wedelte mit ihrem Ausweis.

»Claudia Schiffer.« Sicherheitshalber fauchte ich gleich hinterher: »Da gibt es gar nichts zu lachen!« Niemals würde ich meinen Eltern diesen Namen verzeihen, niemals! Krebse? Nachtragend? Ach was!

Die Kommissarin wich einen Schritt zurück und machte eine beschwichtigende Geste. Ich konnte trotz schärfster Beobachtung kein Anzeichen von Häme bei ihr entdecken. Das gab Pluspunkte.

»Das ist Herr Gruber«, fuhr ich fort. »Er hat den Chef gefunden.«

Herr Gruber überfiel die Kommisarin mit einem heftigen Schwall Hessisch, worauf die erst einmal mit »Ich bin nicht von hier« konterte.

»Die anderen kommen gleich«, brummte sie in meine Richtung. Ihre Nasenflügel bebten leicht, und ich glaubte, einen Hoffnungsschimmer in ihren verschlafenen Augen aufglimmen zu sehen. Ich bot ihr einen Kaffee an, den sie erfreut annahm. Hatte ich die Zeichen doch wieder einmal richtig gedeutet. Es war gar

102

nicht so schwer, mit seinen Mitmenschen zurechtzukommen; man brauchte nur genau hinzusehen, und schon wusste man, was ihnen fehlte.

Als sie schließlich Anstalten machte, Herrn Gruber zu befragen, verzog ich mich diskret zum Kopierer; ich hoffte, von dort jedes Wort mithören zu können. Bevor die Vernehmung jedoch richtig losging, steckte die Kommissarin noch einmal den Kopf aus der Tür und bar mich leider, nach unten zu gehen und ihren Kollegen aufzumachen.

Zuerst traf der Notarzt ein. Ich führte ihn und die Sanitäter zum Kühlraum. »Da drin«, sagte ich. »Aber passen Sie auf, die Tür –«

»Wir wissen schon, was wir zu tun haben«, schnauzte einer der Männer mich an und schloss demonstrativ die Tür hinter sich. Mit einem satten Schmatzen fiel sie ins Schloss.

Bitte, ich hatte es ja nur gut gemeint. Sie würden schon sehen, was sie davon hatten. Wer nicht hören wollte, musste eben frieren, wenn auch nur eine Viertelstunde lang, was sie allein meiner weisen Voraussicht zu verdanken hatten. Ich deaktivierte gerade den Notschalter, als ich Frau Dehler nach mir rufen hörte. Sie wartete in der Eingangshalle auf mich.

»Der Notarzt ist gerade gekommen«, erklärte ich überflüssigerweise. Sein Wagen stand fast vor unserer Nase, nur durch die gläsernen Eingangstüren von uns getrennt.

»Ihr Herr Gruber, was macht der hier?«

»Das ist nicht mein Herr Gruber«, sagte ich ungnädig. An dem finsteren Aufblitzen in ihren Augen konnte ich erkennen, dass das nicht die richtige Antwort war. »Der ist hier Hausmeister«, fügte ich brav hinzu.

»Und tut was genau?«

»Alles Mögliche. Er macht Botengänge, bringt die Firmenwagen zur Inspektion, repariert die Wasserhähne, mäht den Rasen und geht für den Chef und seine Frau einkaufen.«

»Einkaufen?«

103

»Klar.« Ich nickte. »Seine eigene Frau schickt ihn auch immer, er ist das gewohnt.« Beinahe hätte ich noch das Zwischenlager im Kühlraum erwähnt, aber das wäre wohl zu auffällig. Besser, sie würde das selbst herausfinden.

»Und Sie?«

»Ich bin eine Mischung aus Sekretärin und Sachbearbeiterin. Briefe schreiben, Angebote machen, Kunden am Telefon beraten, Aufträge bearbeiten – was eben so dazugehört.« Mittlerweile kannte ich mich auch ziemlich gut mit den Innereien unseres Computersystems aus, aber das hatte ich bisher niemandem auf die Nase gebunden, und bei ihr würde ich ganz bestimmt nicht damit anfangen.

Die Kommissarin nickte. »Und was machen Sie sonntags hier?«

Auf diese Frage war ich vorbereitet. »Wir sind personell unterbesetzt, und weil unter der Woche einiges liegenbleibt, komme ich öfter sonntags in die Firma, um die Sachen in Ruhe aufzuarbeiten.«

Sie sah mich mit hochgezogenen Augenbrauen an. »Was heißt öfter?«

»Na ja, alle vierzehn Tage – ungefähr.« Ich konnte ja wohl schlecht zugeben, dass ich in der letzten Zeit fast jeden Sonntag hier verbrachte.

Sie schüttelte ungläubig den Kopf. »Und ich habe immer die Leute beneidet, die einen Bürojob haben. Wegen der freien Wochenenden.«

Sie machte Anstalten, wieder nach oben zu gehen. »Ich habe noch mehr Fragen, aber das machen wir später.«

»Ich laufe bestimmt nicht weg.» Schließlich hatte ich noch einiges zu erledigen. Aber solange die Kommissarin oben im Büro saß und mir mehr oder weniger auf die Finger schaute, konnte ich sowieso nichts machen.

Unschlüssig blieb ich in der Halle stehen und wartete auf die

104

nächste Fuhre Polizei. Die ganze Sache drohte mir über den Kopf zu wachsen. Ruhig Blut, sagte ich mir. Tief durchatmen. Noch ist nicht aller Tage Abend. Der Computer stand noch unberührt im Büro des Chefs, mir blieb noch genug Zeit, bis sich die Beamten im Kühlraum zur Genüge ausgetobt hatten.

Ganz plötzlich überfiel mich ein beunruhigender Gedanke: Wie würde jetzt in der Firma alles weitergehen? Sollte ich die Briefe, die der Chef diktiert hatte und die ich ursprünglich mit »Nach Diktat verreist« unterschreiben sollte, denn noch abschicken? Jetzt, wo er seine letzte Reise angetreten hatte? Würde seine Frau die Firma behalten und mich jeden Tag in ihre übelriechenden Parfümwolken einhüllen? Oder würde sie an einen der vielen Konkurrenten verkaufen, die sich schon seit Monaten die Klinke in die Hand gaben? Würde ich meinen Arbeitsplatz verlieren? Wollte ich ihn überhaupt noch haben?

Ich versuchte mir auszumalen, wie der Arbeitsalltag in Zukunft aussehen würde, aber ich konnte mir einfach nicht vorstellen, dass der Chef mir nie wieder von seiner selbstgemachten Wildschweinpastete vorschwärmen, nie wieder ein Schälchen Mousse au chocolat in meinen Schreibtisch schmuggeln, mir nie wieder zuzwinkern würde. Dass er sich nie wieder über den Kaffee beschweren, schwülstige Briefe formulieren, mich zur Weißglut treiben würde.

Wir Krebse sind manchmal so entsetzlich gefühlsbetont. Wie lange ich regungslos am Eingang gestanden hatte, wusste ich nicht. Ich kam wieder zu mir, als die nächsten Autos auf den Parkplatz fuhren und die Kommissarin gerade mit Herrn Gruber die Treppe herunterpolterte. Über Ina Dehlers Kopf schwebte eine dicke schwarze Gewitterwolke, und unser Hausmeister hatte die Unterlippe trotzig vorgeschoben. Der Kommissarin war es vermutlich nicht gelungen, ihm einen verständlichen Satz zu entlocken, und er war bestimmt vergrätzt, weil gleich der Gottesdienst anfing und ihm eine Gelegenheit entging, beim anschließenden Frühschoppen die Neuigkeiten brühwarm weiterzuerzählen.

»Kommen Sie mit«, knurrte Frau Dehler in meine Richtung. Musste sie mich jetzt auch noch anmaulen, nur weil Herr Gruber ein bisschen schwierig sein konnte? Oder hatte ihr etwa mein Kaffee nicht geschmeckt?

Ein Pulk von Leuten mit Koffern, Taschen und Fotoapparaten folgte uns zum Kühlraum. Mir war ein wenig mulmig zumute. Von dem Notarzt und den Sanitätern war nichts zu sehen.

Angeblich haben Krebse ja ein großes schauspielerisches Potenzial, vor allem diejenigen, die zwischen 29 Grad Zwilling und 1 Grad Krebs geboren sind. Das traf auf mich zwar nicht zu, aber ich tat mein Bestes und machte große, erstaunte Kinderaugen.

»Die müssten schon längst wieder darußen sein«, sagte ich und machte ein besorgtes Gesicht. Ich streckte die Hand nach dem Türgriff aus.

»Nicht!«, schrie jemand in einem weißen Einmal-Overall. Bestimmt einer von der Spurensicherung.

Als ob hier außer den Spuren von Herrn Grubers Patschhändchen noch irgendwas zu finden gewesen wäre! Die Tür zum Kühlraum ließ sich natürlich beim besten Willen nicht öffnen.

»Das verstehe ich nicht. Die Tür müsste längst wieder aufgehen.«

Die Kommissarin sah mich fragend an.

»Die Tür hat eine elektronische Öffnungszeitverzögerung«, erklärte ich. »Das heißt, wenn man sie schließt, dauert es fünfzehn Minuten, bis man sie wieder öffnen kann. Das soll verhindern, dass das Kälteaggregat überlastet wird. Außerdem geht da drinnen nach drei Minuten das Licht aus.«

»Wie wird das gesteuert?«

»Elektronisch.« Hatte ich das nicht schon gesagt? »Dort drüben ist der Schaltschrank.« Ich schritt flott darauf zu, aber diesmal war der Mann von der Spurensicherung schneller.

Mir machte es nichts aus, dass Notarzt und Sanitäter jetzt noch etwas länger in Kälte und Dunkelheit mit einer Leiche zusammen-

106

saßen; hätten sie auf mich gehört, wäre ihnen das erspart geblieben.

»Meine Fingerabdrücke sind auf dem Notschalter«, erklärte ich. »Herr Gruber hat vorhin nach einem Blick auf den Chef die Tür vor Schreck wieder zugeschmissen.«

»Sie hätten nichts anfassen dürfen«, knurrte der Mann von der Spurensicherung mich an. Auf Herrn Grubers Gesicht zeichnete sich ein zufriedenes »Wusst' ich's doch« ab.

Ich stellte mir vor, meine beiden Katzen wären unter ein Auto gekommen. Sofort füllten sich meine Augen mit Tränen. »Aber ich musste doch da rein! Es hätte doch sein können ...« Ich verbarg das Gesicht in den Händen.

»Ist ja schon gut. Niemand macht Ihnen einen Vorwurf.«

Ich schluchzte ein bisschen.

Die Kommissarin suchte nach einem Taschentuch, fand aber keines, und ich winkte ab. Dann zog ich aus der Hosentasche das zerknüllte Taschentuch, mit dem ich vorhin die Programmiertasten der Schaltuhr abgewischt hatte. Die Kommissarin schaute mich mitleidig an und fragte leise nach dem Inhalt des Kühlraums.

»Kontrollblut, Testseren, Äther, so viel ich weiß. Aber ich kenne mich da nicht besonders gut aus; für das Zeug ist meine Kollegin zuständig, und die ist im Urlaub. Ich könnte aber mal im Computer nachsehen, wenn Ihnen das was nutzt. Die Kühlraumprodukte haben spezielle Artikelnummern.«

»Tun Sie das.«

Mittlerweile waren die Jungs mit dem Schaltschrank zugange und spielten Technikbaukasten. Es konnte nicht mehr lange dauern, bis sie das Geheimnis der Tür gelüftet hatten.

»Wenn Sie den Notschalter drücken –« Der angewiderte Blick des Mannes von der Spurensicherung ließ mich verstummen. Da ich keine Lust hatte, mir das vorwurfsvolle Gesicht der drei durchgefrorenen Männer anzusehen – vom eisigen Schweigen meines Chefs ganz abgesehen – wandte ich mich zum Gehen.

»Moment mal.«

Diese Kommissarin war wirklich hartnäckig. Eigentlich bewunderte ich so etwas, aber in diesem speziellen Fall war es mir eher lästig.

»Gibt es außer dem Notschalter noch eine andere Möglichkeit, die Tür zu öffnen?«

Ich wischte mit dem Taschentuch über meine Augen. »Ich weiß nicht.«

»Sie wissen das nicht?«

Ich schüttelte den Kopf. »Ich geh da nicht rein.«

Frau Dehler nahm mich beiseite; jetzt wollte sie es ganz genau wissen.

»Ich kenne mich mit dem Kühlraum nicht richtig aus«, gestand ich und brachte es sogar fertig, ein wenig rot zu werden. Dazu musste ich allerdings an eine etwas hitzigere Angelegenheit denken. »Ich habe Angst, darin eingesperrt zu werden. Ich weigere mich, dort irgendetwas herauszuholen. Das macht immer meine Kollegin. Oder die Lagerarbeiter oder der Chef persönlich. Ich weiß auch gar nicht, wie das mit der Steuerung funktioniert, nur, dass man auf den Notschalter drücken kann, und dass dann die Tür aufgeht, egal, wie sie eingestellt ist.«

Einmal hatte der Chef mich überlistet und in den Kühlraum geschickt. Und die Tür hinter mir zugemacht. Zwar hatte die Tür innen einen Griff, aber durch die Zeitverzögerung dauerte es die üblichen fünfzehn Minuten, bis ich sie wieder öffnen konnte. Nach drei Minuten war das Licht ausgegangen. Lebendig begraben, hatte ich gedacht. So muss es sein, wenn man lebendig begraben wird. Nur noch enger. Es war die längste Viertelstunde meines Lebens gewesen.

»Na, sehen Sie, war doch halb so schlimm«, hatte er nachher gesagt.

Eine Viertelstunde später hatte ich ihm die Kündigung auf den Tisch gelegt, und da plötzlich hatte er mich angefleht, ihm das nicht anzutun. Er hatte sogar um Entschuldigung gebeten und mir das Blaue vom Himmel versprochen.

Und ich hatte ihm geglaubt.

Die Erinnerung daran musste sich schmerzlich in meinem Gesicht widerspiegeln, denn die Stimme der Kommissarin wurde für einen Augenblick etwas weicher. »Gehen Sie ruhig hoch, ich komme gleich nach«, sagte sie.

Ich nickte und schleppte mich zu meinem Schreibtisch. Dort saß ich eine Weile einfach nur herum, starrte auf den überfüllten Ablagekorb und ließ mich von der Erkenntnis deprimieren, dass ich in Kürze unter der Arbeitslast zusammenbrechen oder entlassen würde und dass es wahrscheinlich auf der ganzen Welt keinen einzigen Job gab, der mich ausfüllte und zufriedenstellte.

Schließlich nahm ich mechanisch die Unterschriftenmappe mit den Briefen in die Hand, die unsere schwedische Kollegin getippt hatte. »Nach Diktat vereist« stand unter dem Namen des Chefs. Ich kicherte hysterisch. Dann brach ich in Tränen aus.

Man sagt uns Krebsen ja nach, wir seien launisch. Sind wir nicht. Manche Menschen bezeichnen uns als die Gefühlsseismographen des Tierkreises. Das kommt schon eher hin. Wir leben nun mal auf einem Gefühlskarussel und sind heftigen Stimmungsschwankungen ausgesetzt.

Eine halbe Stunde später jedenfalls hatte sich mein Gemütszustand wieder stabilisiert. In meinem Hirn aber war immer noch ein ziemliches Durcheinander. Ich konnte beim besten Willen keine Erklärung dafür finden, dass der Chef einen blutverkrusteten Hinterkopf hatte. Ob er in dem dunklen Kühlraum gestürzt war und sich dabei den Kopf angeschlagen hatte? Oder ob nach mir noch jemand – nein, das konnte nicht sein. Ich hatte am Freitag für meine Verhältnisse pünktlich Feierabend gemacht, und ich glaubte nicht, dass noch jemand in die Firma gekommen war, nachdem ich sie verlassen hatte.

Beim Stichwort Feierabend packte mich sofort das schlechte Gewissen. Solange ich meinen Job noch hatte, wollte ich ihn auch ordentlich machen. Mein Steinbockaszendent hatte zu diesem Thema eine lästige, aber unerbittliche Meinung. Ich sah auf die Stapel von Papier, die bearbeitet werden mussten, den vollen Ablagekorb, die neuen Aufträge, und machte mich mit einem Stoßseufzer an die Arbeit. Außerdem musste ich damit rechnen, dass die Kommissarin jeden Augenblick auftauchen konnte; was blieb mir also anderes übrig.

Ich hackte gerade wie wild auf der Tastatur herum, als Frau Dehler das Büro betrat. Mittlerweile hatte sie ihr Haar gebürstet und zu einem Zopf geflochten.

»Wann haben Sie Ihren Chef denn zum letzten Mal gesehen?«, wollte sie wissen.

»Freitagnachmittag. Er wollte nach Los Angeles fliegen.«

»Um wie viel Uhr ist er gegangen?«

»Das weiß ich nicht genau.« Ich wühlte in meinem Eingangskorb. »Warten Sie mal .... hier ist es!« Ich zog ein Auftragsformular aus dem Stapel und zeigte auf die Uhrzeit. »Er hat noch einen Auftrag angenommen, das war um Viertel nach vier. Danach habe ich ihn nicht mehr gesehen.« Jedenfalls nicht von vorne. Nur seinen Rücken, der in dem verdammten Kühlraum verschwand.

»Aber Sie wissen nicht, wann er das Haus verlassen hat?«

Ich schüttelte den Kopf. »Wenn er sich oben im Büro verabschiedet, hängt er manchmal noch stundenlang im Lager herum.«

»Und Sie sind wann gegangen?«

»Um sechs«, erklärte ich wahrheitsgemäß. »Ich habe ins Lager gerufen, ob noch jemand da ist, und als niemand geantwortet hat, habe ich die Tür abgeschlossen, die Alarmanlage eingeschaltet und bin gegangen.«

»Und die Schaltuhr des Kühlraums?«

»Was ist mit der?«, fragte ich unschuldig.

110

»Haben Sie an der was gemacht?«

»Ich?« Meine Stimme klang zutiefst gekränkt. »Ich habe Ihnen doch schon gesagt, dass ich Angst vor dem Kühlraum habe. Ich habe mich um diese Sachen nicht gekümmert. Sie wissen doch, wie das ist: Wenn man sich mit irgendetwas auskennt, muss man es auch machen.« Deshalb hatte ich dem Chef auch nicht erzählt, wie viel ich in der Zwischenzeit über unser Computersystem gelernt hatte. Sonst hätte er mir die Wartung der Anlage auch noch aufgehalst.

Die Kommissarin nickte verständnisvoll. »Wir müssen seinen Wagen finden. Das könnte uns weiterhelfen.«

»Der ist in der Werkstatt.« Ich zerstörte ihre Illusionen wirklich ungern. »Herr Gruber hat ihn am Freitagmorgen hingebracht. Der Chef fährt immer mit dem Taxi zum Flughafen.«

Frau Dehler seufzte. Sie hielt mir einen Zettel hin, auf dem »XYS2000« stand. »Haben Sie diese Nummer im Computer?«

Oha, so weit waren sie schon? Dann mussten sie den Kühlraum schon inspiziert und die Packungen gefunden haben. Ich gab die Nummer in das Suchfeld der Artikelverwaltung ein.

»Artikel nicht vorhanden«, meldete der Computer. Ich hatte nichts anderes erwartet.

»Was soll das eigentlich sein?«, fragte ich.

»Ascorbinsäure«, sagte die Kommissarin. Ihre Stimme hatte sich dabei fast unmerklich verändert. Auch ihre Körperhaltung schien mir irgendwie anders.

»So was haben wir gar nicht im Sortiment.« Ich schüttelte bedauernd den Kopf, und sie verließ das Büro unter leisem Murmeln.

Es war noch gar nicht so lange her, dass ich das Geheimnis von XYS2000 entdeckt hatte. Diesen speziellen Sonntag würde ich vermutlich mein Leben lang nicht vergessen. Am Freitag hätte ich noch die Quartalsumsätze für die Außendienstleute zusammen-

111

stellen sollen, hatte es aber nicht mehr geschafft. Der Zugriff auf diese Daten war normalerweise nur vom Computer des Chefs oder seiner Frau möglich. Ich saß dazu gewöhnlich, von der Chefin misstrauisch beäugt, in ihrem verstänkerten Büro und versuchte, bei der Arbeit ganz flach zu atmen. Natürlich kannte ich die Kennwörter der beiden nicht, dazu waren sie viel zu geheimniskrämerisch. Es ist auch gar nicht meine Art zu schnüffeln, aber in der Not knackt der Krebs bekanntlich alles.

Ich hatte mich also ins Büro des Chefs gesetzt, weil der den bequemeren Sessel hatte, und nacheinander das Geburtsdatum des Chefs, das seiner Frau und schließlich den Namen seines Sohnes ausprobiert. Kaum hatte ich »Ralph« mit ph eingegeben, wurde der Bildschirm aufgebaut.

Na bitte, ich sage doch immer, die Leute sind entsetzlich einfallslos, sowohl was Computerkennwörter angeht als auch bei der Namensgebung ihrer Kinder. Da waren all die vertrauten Menüpunkte, und ich wollte gerade die Umsatzzahlen aufrufen, als mein Blick auf eine mir völlig fremde Zeile fiel. Ich klickte sie an, und vor mir tat sich ein ganzes Warenwirtschaftsprogramm auf. Allerdings war es nicht das, womit wir normalerweise arbeiteten, und ich konnte mir auch nicht erklären, wozu ein zweites Programm dieser Art gut sein sollte.

Ich rief den Artikelstamm auf, und eine einzige Nummer erschient auf dem Bildschirm: XYS2000. Als Artikelbezeichnung war »L-Ascorbinsäure« eingetragen. Menge 1 Packung, Preis 0,00 DM. Ich verstand nicht, was ich da sah. Unsere Firma verkaufte kein Vitamin C, und ich wusste auch nicht, warum sie in einen Markt einsteigen sollte, in dem es schon so viele Anbieter gab. Außerdem verschickten wir immer Infos, wenn wir etwas Neues hatten, und über meinen Schreibtisch war keine einzige dieser Informationen gegangen.

Die blühende Phantasie unseres Tierkreiszeichens wird ja oft sehr abfällig dargestellt, aber das Leben ist viel skurriler, als die meisten Menschen glauben, und da kann eine blühende Phantasie von großem Nutzen sein. Die Assoziationskette, die bei mir durch den Gedanken an weißes Pulver ausgelöst wurde, brachte mich schließlich auf einen ungeheuerliche Idee: Sollte mein Chef etwa mit Drogen handeln? Ich konnte mir keinen anderen Grund für seine Geheimnistuerei vorstellen. Und wo würde er sie wohl aufbewahren?

Bevor ich mich auf die Suche machte, wollte ich mir aber einen Überblick verschaffen. Wo ein Warenwirtschaftsprogramm ist, ist nämlich auch eine Verkaufsstatistik. Und ein Kundenstamm. Und wenn diese potenzielle Drogengeschichte über den Computer abgewickelt wurde, würde ich hoffentlich gleich wissen, was Sache war. Wenn es nicht um Drogen ging, machte ich mich gnadenlos lächerlich, aber das würde ja außer mir niemand erfahren.

Als Erstes knöpfte ich mir die Verkaufsstatistik vor. Beim Anblick der Umsatzliste verschlug es mir die Sprache, und das will bei einem Krebs schon etwas heißen! Da ging es um siebenstellige Beträge, und solche Umsätze machte man bestimmt nicht mit einem bisschen Vitamin C.

Mein Chef handelte also wirklich mit Drogen. Das verzeihe ich ihm nie, fuhr es mir durch den Kopf. Ich freute mich schon auf sein Gesicht, wenn die Polizei das Haus durchsuchen würde. Vorher wollte ich aber noch sehen, wer sich hinter den Kundennummern verbarg. Vermutlich würde mich der Polizeipräsident in sein Nachtgebet einschließen, wenn ich auch noch die Abnehmer liefern konnte.

Tatsächlich waren unter den Kundennummer Adressen eingetragen. Hatte der Chef sich wirklich so sicher gefühlt, dass er seine Schweinereien elektronisch dokumentiert hatte? So wahnwitzig das schien, es würde zu ihm passen. Immer davon überzeugt, dass er mit allem durchkam.

Einige der Namen kamen mir bekannt vor. Ich ging die Liste alphabetisch durch und stieß schließlich auf – Claudia Schiffer!

113

Ungläubig öffnete ich den Datensatz. Mein Name, meine Adresse, die Auftragsnummern angeblich von mir getätigter Bestellungen. Die Artikelnummer war durchgehend XYS2000, die Rechnungsadresse meine. Eine separate Lieferadresse war nicht eingetragen, und es sah tatsächlich so aus, als sei ich eine der Abnehmerinnen dieses Zeugs!

Hatten mir die Umsatzzahlen die Sprache verschlagen, so trieb mir diese Niederträchtigkeit die Tränen in die Augen.

Es ist nicht weiter schwer, einen Krebs übers Ohr zu hauen. Wir glauben eisern an das Gute im Menschen und lassen uns nur ungern vom Gegenteil überzeugen. Haben wir aber einmal herausgefunden, dass uns jemand ausnutzt oder zum Narren hält, können wir unerbittlich sein.

Im Anschluss an meine Entdeckung hatte ich den Chef genauer beobachtet und festgestellt, wie gern er sich im Kühlraum aufhielt. An einem meiner üblichen Sonntage war ich dann hinuntergegangen, hatte die Tür des Kühlraums mit einem schweren Karton blockiert und mich auf die Suche gemacht. Ich brauchte nicht lange, um die Packungen im Regal zu finden. Wahrscheinlich hatte der Chef geglaubt, je sichtbarer er das Zeug hinstellte, desto weniger würde es auffallen – zu Recht, wie ich ihm widerstrebend zubilligen musste.

Fröstelnd hatte ich im Kühlraum gestanden und überlegt, was ich tun sollte. Der Kühlgenerator sprang an; die Tür stand schon zu lange auf. Schließlich streifte ich ein Paar Einmalhandschuhe über, nahm eines der hintersten Päckchen und ließ etwas von dem Pulver in einen Styroporbecher rieseln. Dann hinterließ ich alles so, wie ich es vorgefunden hatte, räumte den Karton an seinen Platz und machte mich mit klopfendem Herzen wieder an meine Arbeit.

Ein paar Tage später bestätigte mir eine Bekannte, die in einem Labor arbeitete, dass es sich bei dem Pulver um Kokain handelte. Ich hatte ihr weisgemacht, ich hätte es in der Jackentasche einer

Kollegin gefunden und wollte sicher sein, dass es sich nicht um Natron gegen Sodbrennen handelte, bevor ich sie darauf ansprach.

Nachdem ich Gewissheit hatte, kannte mein Zorn keine Grenzen mehr. Was bildete sich dieser Kerl denn ein! Aber wenn ich der Polizei einen Tipp gab, wie sollte ich beweisen, dass ich mit der ganzen Sache nichts zu tun hatte?

Ich fühlte mich verraten und verkauft. Wie konnte er mir das antun? Meine Gutgläubigkeit ausnutzen, meinen Respekt, meine Loyalität. Meine Existenz stand auf dem Spiel!

Schadensbegrenzung, das musste jetzt mein Ziel sein. Vorerst war nicht daran zu denken, die Daten der Polizei zugänglich zu machen. Wer wusste schon, was die daraus konstruieren würden? Es gab nur eine Möglichkeit, sie auf all das aufmerksam zu machen und mich gleichzeitig zu schützen. Mein Datensatz musste raus aus dem Programm!

Ina Dehler tauchte wieder auf und riss mich aus meinen Erinnerungen. Sie wedelte mit einem Blatt Papier und nuschelte »Durchsuchungsbeschluss«. Ich ignorierte das Schreiben und musterte die Überbringerin nachdenklich. Sie wirkte mittlerweile ziemlich unfreundlich. Dabei hatte ich ihr nichts getan. Dann ging mir ein Licht auf.

»Sie sind Fische«, sagte ich.

Sie schaute mich verständnislos an.

»Ihr Tierkreiszeichen«, erklärte ich.

»Fische, stimmt«, sagte sie verblüfft.

»Kommen Sie mal mit.« Ich eilte in die Küche, öffnete die Schranktür mit dem süßen und salzigen Gebäck und bot ihr davon an. Immer noch erstaunt griff sie nach den Käsecrackern. Nach den ersten Bissen entspannte sie sich.

»Woher haben Sie das gewusst?«, fragte sie mit vollem Mund.

»Ich kenne noch mehr Fische. Wenn man sie nicht regelmäßig füttert, verwandeln sie sich in Nörgelfische.«

Sie grinste. Ich freute mich, dass es ihr wieder besser ging. Wie

115

gesagt, Disharmonien in meiner Umwelt kann ich ganz schlecht ertragen.

»Ina, wo bleibst du denn?«, hörte ich jemanden rufen. »Der Hund ist da, wir können anfangen.«

»Hund? Was für ein Hund?«, protestierte ich. »Wir haben Medizinprodukte im Haus, da gibt es Hygienevorschriften. Sie können nicht einfach einen Hund mitbringen.«

»Doch«, erwiderte Ina Dehler. »Wir haben hier Kokain gefunden. Sie haben den Durchsuchungsbeschluss ja gelesen.«

Hatte ich nicht, aber darauf kam es jetzt wohl auch nicht mehr an. »Kokain? Bei uns? Soll das ein Scherz sein?«

Aber sie hatte sich schon umgedreht und folgte ihren Kollegen. Ich zuckte resigniert die Schultern. Einem Fisch Vorschriften zu machen war sowieso völlig sinnlos.

Uns Krebsen wird übrigens nachgesagt, wir hätten nicht genug Ausdauer und unsere Leistungskurven seien von rhythmischen Höhen und Tiefen geprägt. Ich war mir nicht sicher, ob das Auf und Ab des heutigen Tages zu dieser Sorte Höhen und Tiefen gehörte; jedenfalls machte mir der Adrenalinstoß, der gerade in mein Blut gelangte, bewusst, dass keine Sekunde mehr zu verlieren war.

Es war höchste Zeit, die Spuren zu verwischen. Einen Datensatz aus dem Programm zu löschen war eine komplizierte Angelegenheit, wenn man keine Spuren hinterlassen wollte. Es hätte bestimmt den ganzen Sonntag in Anspruch genommen, aber das war jetzt nicht mehr möglich, wo die Polizei schon im Haus war. Ich hatte nie in Erwägung gezogen, die Festplatte des Servers herauszunehmen und zu zerstören; das wäre zu auffällig.

Sicherheitshalber hatte ich mir noch eine Alternative überlegt. Vor einer Weile hatte ein EDV-Spezialist bei uns im Büro einen über das Internet eingeschleppten Virus dingfest gemacht. Zuerst waren die Umlaute in die Briefen verschwunden und durch seltsame Symbole ersetzt worden, dann rieselten die Buchstaben langsam den Bildschirm hinab. Je länger der Rechner lief, desto schlimmer wurde es. Nach zwei verzweifelten Stunden waren sämtliche Artikelnummern verschwunden, und es ging fast nichts mehr. Der Server musste komplett entseucht und neu installiert werden, und die Daten wurden von der Sicherheitskopie des Vortages wieder aufgespielt. Der Experte hatte den Virus erwischt und für seinen heimischen Virenzoo auf Diskette gezogen.

Und ich hatte mir eine Kopie davon gemacht. Wenn ich den Virus gleich freilassen würde, lag der Server in spätestens drei Stunden völlig lahm. Ich konnte ja inzwischen die Ablage machen.

Nachdem ich den Server infiziert und die Ablage zur Hälfte erledigt hatte, fielen mir die Sicherheitskopien ein. Wenn die Daten von von XYS2000 auf dem Server gewesen waren, mussten sie natürlich auch auf den Sicherheitskopien sein. Davon gab es für jeden Arbeitstag eine. Die Bänder aus dem Tresor zu entfernen – die Kombination kannten wir alle – wäre zu auffällig, zum Löschen blieb nicht genug Zeit. Oder etwa doch?

Ich öffnete den Schrank mit unserer Messeausrüstung, nahm die DIN-A4-formatigen, mindestens einen Zentimeter dicken Magnettafeln heraus, die wir zum Befestigen großer Werbeschilder verwendeten, und ließ sie in einen dünnen Papierumschlag gleiten, den ich an günstiger Stelle im Tresor deponierte.

Das würde genügen. Ich wusste aus früherer Erfahrung, wie verheerend sich die Nähe dieser Magnettafeln auf Computerbänder auswirkte. Einmal war unsere ganze Präsentation auf der Messe deswegen ausgefallen. Ein unvergessliches Erlebnis.

Es ging bereits auf den frühen Abend zu, und die Polizei war immer noch dabei, unser Lager von Grund auf neu zu sortieren. Ein Mitarbeiter der Kommissarin hatte meine wortreiche, aber inhaltsarme Aussage aufgenommen. Mittlerweile war auch die Frau des Chefs aufgetaucht und wurde von einer anderen Mitarbeiterin gelöchert. Ich wusste nicht, ob meine Chefin in der Sache mit drin hing, aber ich würde es ganz bestimmt noch herausfinden. Früher oder später.

Wir Krebse nähern uns unserem Ziel bekanntlich seitwärts und brauchen daher länger als andere, um es zu erreichen. Wenn uns alle schon abgeschrieben haben, kommen wir aus dem Nichts, fahren die Scheren aus und kneifen zu.

Und zwar kräftig.

Mit dieser Gewissheit im Herzen polterte ich die Treppe hinunter, die Virusdiskette in der Tasche.

»Brauchen Sie mich noch?«, fragte ich die Kommissarin. »Ich bin fix und fertig.«

Ich hatte den richtigen Moment abgepasst. Sie nickte verständnisvoll. »Radeln Sie ruhig nach Hause.«

»Schönen Abend noch.« Ich nickte zurück und trat durch die Glastüren hinaus ins Freie. Streckte mich, sog die milde Abendluft tief in die Lungen.

Schade, dass ich sie hatte hintergehen müssen. Unter anderen Umständen wären wir bestimmt Freundinnen geworden.

Oder auch nicht.

Schwimmen

Es war ein Gefühl, das sie nur schwer beschreiben konnte. Frei, schwerelos, und doch umhüllt von etwas Sanftem, Zarten, das Geborgenheit gab. Das wärmte oder kühlte, je nach Bedarf. Vielleicht war es tatsächlich so, dass der Aufenthalt im Wasser die Menschen wieder in die Zeit zurückversetzte, in der sie noch im Mutterleib waren, sich geborgen fühlten. Die halbe Stunde im Wasser jeden Morgen gab ihr die Kraft, den Tag durchzustehen. Eine Energiequelle für den Körper, Nahrung für die Seele, Befreiung für den Geist. Zweifel schwanden, Schwäche wurde zu Stärke. Ruhe breitete sich in ihr aus. Eine ganz besondere Art der Meditation.

Nahrung für den Körper genügte nicht; auch die Seele musste gespeist werden. Und ihr Arzt hatte ihr gesagt, dass ihr Körper noch so lange funktionieren würde, wie ihre Seele ihn zu motivieren vermochte. Also hatte sie nach einer Möglichkeit gesucht, ihrer Seele Nahrung und ihrem Körper Motivation zu bieten.

Sie hatte das perfekte Schwimmbad für ihre Zwecke gesucht und gefunden. Anfangs war sie täglich mit dem Wagen den weiten Weg nach Dieburg ins Freibad gefahren. Dann hatte sie den Führerschein abgegeben, und ohne Auto war der Weg für sie zu weit. Solange sie schwimmen gehen konnte, würde sie am Leben bleiben, daran glaubte sie fest. Nichts und niemand durfte sie daran hindern. Sie war nach Dieburg gezogen. Jetzt konnte sie das Schwimmbad bequem mit dem Fahrrad erreichen. Fahrrad fahren durfte sie noch, davon hatten sie ihr bisher noch nicht abgeraten. Und sicher würde sie jemanden finden, der sie im Winter mit ins nächste Hallenbad nahm.

Ach, wie herrlich war es doch, sich von Mitte Mai bis Ende September Tag für Tag unter freiem Himmel in das Nass gleiten zu lassen, das sie nicht festhielt, sondern stützte und trug. Wie hatte sie die ersten Wochen genossen! Aber dann war ER aufgetaucht. Sie hatte ihn »das verkehrte Walross« getauft, weil er sich im Wasser so schwerfällig bewegte wie ein Walross an Land. Es hätte sie nicht weiter gestört, wenn sein plumper Körper eine oder zwei Bahnen von ihr entfernt durch das Wasser gepflügt wäre. Sie hätte das Spritzwasser ignoriert und die Geräusche ausgeblendet, so wie sie es auch mit den verschiedenen Damenkränzchen machte, die in Dreier- oder Vierergruppen durch das Becken schwammen und den neuesten Klatsch austauschten: Frauen verschiedenen Alters und unterschiedlicher Statur, die Haare unter hohen, mit Plastikblüten besetzten Badekappen aufgetürmt. Wenn nötig, wich sie den Damenkränzchen höflich aus, oder das jeweilige Damenkränzchen wich ihr höflich aus. Es war ein stilles Übereinkommen, wie es mit allen anderen im Becken auch herrschte. Leben und leben lassen.

Ihm genügte es jedoch nicht, einfach an ihr vorbei zu planschen. Wo immer sie ihre Bahnen zog, tauchte auch er kurze Zeit später auf. Schwamm sie am linken Beckenrand, nahm er dieselbe Bahn. Schwamm sie in der Mitte, folgte er ihr dorthin. Schwamm sie nach rechts ... Sein Verhalten empörte und erzürnte sie. War es denn wirklich zu viel verlangt, wenigstens darüber bestimmen zu können, auf welcher Bahn sie schwamm? Was war ihr denn sonst noch geblieben? Sie hatte ihr Häuschen im Odenwald verkaufen müssen, um hierher ziehen zu können. Lieber hätte sie es vermietet, aber das war nicht möglich gewesen. Wahrscheinlich hatten die neuen Besitzer es jetzt zu einem Wochenendhaus umfunktioniert, und die kleine Werkstatt, die ihr und ihrem Mann immer ein bescheidenes Einkommen ermöglicht hatte, war wohl längst abgerissen. Sie konnte es nicht ändern. Sie hatte in ihrem Leben überhaupt so wenig ändern können, dass sie nun wenigstens ihre

120

letzten Jahre in Frieden verleben wollte. Ungestört von dieser Wasserwalze. Schwimmen konnte man das doch nicht nennen, oder?

Wenn er kraulte, spritzte das Wasser an Armen und Beinen nach allen Seiten, als mimte er einen Ertrinkenden. Und wenn er Delphin schwamm oder Schmetterling, wie sie es lieber nannte, kam er gerade eben mit dem Schädel aus dem Wasser; mit diesem hässlichen Schädel, auf dem nur ein paar ungepflegte Stoppeln wuchsen. Der breite Schwimmreifen aus Fett, der ihn umgab, zog den Oberkörper wieder zurück. Die Arme hoben sich nicht in elegantem Schlag, wie es anmutiger Schmetterlinge würdig gewesen wäre, nein, sie schleiften seitlich über die Oberfläche und schlugen laut platschend aufs Wasser.

Rücksichtnahme kannte er nicht. Er kam unerbittlich auf sie zu, breit und prustend und mit den Armen rudernd, wälzte sich weiter durchs Wasser, als sei er allein auf dieser Welt. Sie hatte so viel Wasser geschluckt, dass sie sich gerade noch hustend an den Beckenrand hatte retten können. Dabei war sie eine gute Schwimmerin. Nicht schnell, aber ausdauernd. Doch wer rechnete denn mit so etwas!

Bei seinem nächsten Halt am Beckenrand hatte sie ihn höflich gebeten, Rücksicht zu nehmen. Er hatte gelacht und sie eine alte Schachtel genannt. »Die, die ich ertränkt habe, leben alle noch!«, hatte er laut gegrölt und eine Geste gemacht, als wolle er sich vor Vergnügen auf die Schenkel schlagen. Stattdessen platschte er mit seinen großen Schaufelradhänden flach vor ihrem Gesicht auf das Wasser und lachte.

Sonst gab es mit niemandem solche Probleme; weder mit den sportlichen Schwimmerinnen, die mit Chlorbrille unterwegs waren und emsig eine Bahn nach der anderen abarbeiteten, noch mit dem Herrn mit den Flossen, der im Zweifelsfall einfach elegant unter ihr hinwegtauchte. Sogar die beiden älteren Herren, die gewöhnlich Seite an Seite ihre Morgenrunden schwammen und unzertrennlich waren, machten bereitwillig Platz und ließen die anderen zwischen sich hindurch schwimmen. Nur er störte ihren

Frieden, ihre Freiheit, ihr Leben. Er und sein Angeberauto. Ein schwarzer 7er-BMW mit Wiesbadener Kennzeichen.

Sie hielt sich einen Moment am Beckenrand, machte ein paar Gymnastikübungen und schwamm die nächste Bahn auf dem Rücken. Bestimmt war er einer dieser Politbonzen, der glaubte, er könne die Menschen hier mit einem dicken Auto und ebensolchem Konto beeindrucken. Da musste er sich schon etwas Besseres einfallen lassen. Schließlich gab es in Groß-Zimmern mittlerweile einen Prinzen mit vielen Titeln, Stretchlimousine und Wappen, und selbst das beeindruckte niemanden. Was also wollte er ausgerechnet hier? War es in diesen Kreisen nicht eher üblich, in den Taunus zu ziehen? Unerfreulich, wie viel Platz dieser Mensch in ihren Gedanken einnahm ...

Mit dem Schwimmmeister hatte sie auch noch ein Hühnchen zu rupfen. Er brauchte gar nicht zu glauben, sie hätte nicht gesehen, wie sie hinter ihrem Rücken über sie gelacht hatten, er und das verkehrte Walross!

Es war nicht viel los heute Morgen. Gut, der Himmel war nicht ganz wolkenlos, und es wehte eine frische Brise, aber die meisten Dauergäste waren abgehärtet und kamen Tag für Tag. Die Damenkränzchen ließen sich bestimmt nicht abschrecken; mit hochgerecktem Kopf schwammen sie bei Wind und Wetter beinahe aufrecht im Wasser, damit die Frisur keinen Schaden nahm. Nur bei Gewitter blieb das Becken leer. Regen dagegen war kein Grund, dem Wasser fernzubleiben – nass waren sie ja sowieso.

Sie genoss diesen Morgen ganz besonders. Das verkehrte Walross war nicht aufgetaucht, und sie konnte schwimmen, wie und wo sie wollte. Die wenigen Besucher hatten so viel Platz, dass man kaum einmal ausweichen musste. Die Sonne wärmte ihr den Rücken, das Wasser hatte Idealtemperatur. Sie seufzte glücklich. Sie öffnete unter Wasser die Augen und beobachtete fasziniert die Lichtstrahlen, die sich mit dem Wasser und den Kacheln des Beckens bestens zu amüsieren schienen. Sie dachte wieder an ihren verstorbenen Mann und die kleine Autowerkstatt. Wie oft hatte er

122

sie am Wochenende um Hilfe gebeten, wenn er für Freunde das Öl gewechselt und die Bremsen eingestellt hatte. Sicher wäre er stolz auf sie, wenn er wüsste, wie viel sie bei ihm gelernt hatte. Sie tauchte wieder auf und legte sich auf den Rücken, spielte »Toter Mann«. Endlich Frieden. Ruhe. Energie tanken, Kraft sammeln. Das hatte ihr so gefehlt.

Zu Hause schaltete sie wie immer hr4 ein, um beim Frühstück ein wenig Gesellschaft zu haben. »Und hier noch eine dringende Durchsage«, drang die vertraute Stimme des Sprechers an ihr Ohr, als sie sich gerade etwas Milch in den Morgentee goss. »Vollsperrung auf der K67 zwischen Klein-Zimmern und Semd. Nach ersten Angaben geriet eine Limousine aus Wiesbaden durch auslaufendes Öl ins Schwimmen. Der Fahrer verlor die Kontrolle über den Wagen und raste gegen einen Baum. Die Bergungsarbeiten dauern noch an. Umleitungsempfehlung ...«

Tja, dachte sie, während sie zufrieden ihren Tee schlürfte, Schwimmen wollte eben gelernt sein.

Tödlicher Segeltörn

Der auffrischende Wind fuhr über meine Haut, füllte das Großsegel, dann die Fock, ließ das Tauwerk knirschen und gab der Yacht Schub. Endlich. Ich warf Karsten, dem Skipper, einen sehnsüchtigen Blick zu, und er nickte. Dankbar beugte ich mich hinab und stellte den Motor aus. Das Dieselgeräusch verstummte.

Ich lehnte mich zurück, den Kopf im Nacken, die Augen geschlossen. Der Fahrtwind zauste mir das Gesicht. Die Yacht schnitt mit leisem Gurgeln durch das Wasser der Ostsee, und die Winsch klickte leise, als der Skipper die Fock dichter holte. Wir nahmen Fahrt auf.

»Also, damals, im November, im Sturmtraining auffe Nordsee, nä ...« Heinz-Günthers Stimme riss mich völlig aus meinen Gedanken. »Also, dat waren Wellen, sachich euch, Wellen, sowat könnt ihr euch garnich vorstellen!«

Mein Mann Robert, mit dem ich diesen Urlaub eigentlich hatte genießen wollen, nickte verständnisvoll. Dann stand er auf, verließ das Cockpit und suchte sich einen einsamen Platz auf dem Vordeck.

Ich bin nicht besonders romantisch veranlagt, auch wenn ich meinen Lebensunterhalt mit der Fließbandproduktion von Liebesromanen verdiene, aber ein bisschen mehr Beschützerinstinkt hätte Robert schon zeigen können. Schließlich hatte er mich aus meinem gemütlichen Cottage auf Orkney gelockt und hierher auf die Ostsee verpflanzt.

125

»Also, ich war da ja der Einzige, der nich reihern musste, nä ...« Heinz-Günther holte eine Dose Bier aus der ausgebeulten Tasche seiner Jogginghose.

Unser Skipper Karsten hatte mir vor einer Stunde das Steuerrad seiner Maxi 1080 in die Hand gedrückt, den Kurs angesagt und befohlen: »Immer schön die Umgebung im Auge behalten, Rieke. Und wenn es ein Problem gibt, dann rufst du mich.« Diese Art von Problem hatte er sicher nicht gemeint. Er saß jetzt mit seinem geheimnisvollen schiffbrüchigen Freund Knut unten im Salon, um in Ruhe etwas zu bereden. In der Achterkajüte lag Bernd, der sechste an Bord, und schonte seine gebrochene Rippe.

Eigentlich hatte das ein Segeltörn zu viert werden sollen – Karsten und seine Frau Evelyn, Robert und ich. Und die schwedische Segelyacht namens *Gutemine*. Eine entspannte Woche rund um Fünen. Mai in der dänischen Südsee. Stattdessen saß ich jetzt hier mit fünf Kerlen an Bord, die morgens nach dem Ablegen erst mal einen Schnaps tranken. Und einen in die Ostsee kippten, »für Rasmus«, damit Wind und Wellen uns hold wären. Die beim Anlegen wieder einen Schnaps tranken. Und einen in die Ostsee kippten, »für Rasmus«, falls Wind und Wellen uns hold gewesen waren. Oder, wenn nicht, als Zeichen, dass wir das nicht krummnahmen.

»Weißte«, sagte Heinz-Günther nach einer Pause.

»Nee«, erwiderte ich. Wollte ich auch nicht. Ich wollte in Ruhe die *Gutemine* steuern, meinen Gedanken nachhängen, meinem Liebsten auf den schwarzgelockten Hinterkopf starren und nicht reden müssen.

»Weißte, dat war doch irgendwie komisch auf dem Schiff.«

Damals im November, im Sturmtraining auf der Nordsee?

Er beugte sich zu mir herüber, sodass ich seine Fahne riechen und einen Blick auf den schuppigen, blonden Scheitel werfen konnte. Dann spähte er durch das verschlossene Plexiglasschott des Niedergangs nach unten in den Salon, wo Knut und Karsten die Köpfe zusammensteckten.

126

»Dat der Arne da bei Knut über Bord gegangen is, nä. Dat is komisch. Echt komisch. Irgendwie ...« Heinz-Günther nahm einen kräftigen Schluck.

Im Hafen von Neustadt seien sie alle an Bord der Seeotter gegangen – »Schiffe sind nämlich immer weiblich, egal wie se heißen, nä« –, er, Arne und Bernd. Und Knut, der Skipper. Vier Männer und ein Boot. Sie seien durch die Lübecker Bucht gesegelt, und auf dem Weg zum Fehmarnsund sei Bernd den Niedergang runtergefallen und hätte sich dabei eine Rippe gebrochen. Und dann hätten sie ihn gleich auf Fehmarn im Krankenhaus abgeliefert zum Verarzten, aber er wollte unbedingt wieder mit aufs Schiff. Sie wären dann weitergesegelt. Schon komisch sei das alles gewesen.

»Wäre es dir lieber gewesen, Knut hätte den Törn abgebrochen?«, fragte ich.

Heinz-Günther schüttelte den Kopf. »Also, nee, nä, eigentlich nich. Da jedenfalls noch nich. Aber jetzt isset schon komisch, nä?«

Ich brummte etwas Undefinierbares. Knut, der Skipper der Segelyacht mit dem ungeheuer originellen Namen Seeotter, machte genau wie unser Skipper Karsten regelmäßig Reisen mit zahlenden Gästen, damit er den Unterhalt seines Schiffes finanzieren konnte. Wäre er gleich am ersten Tag wieder umgekehrt, hätte er den Leuten sicher ihr Geld zurückzahlen müssen. Und da alles an einem Boot, selbst die kleinste Edelstahlschraube, mindestens dreihundert Prozent Maritimaufschlag kostet, konnte Knut auf das Zubrot bestimmt nicht verzichten. Es war nicht nur die Anschaffung der Yacht, man musste ja auch für teures Geld einen Liegeplatz mieten – im Winter einen Stellplatz in der Halle – und das Boot gut in Schuss halten, damit es sicheres Segeln ermöglichte.

»Also, der Arne war schon 'n komischer Typ, nä«, meinte Heinz-Günther. »Irgendwie –«

Das Luk zum Niedergang öffnete sich, eine sommersprossige Hand entfernte das Plexiglasschott. Dann erschien sie wieder mit einem Kaffeebecher. Zu der Hand gehörten ein verstrubbelter blon-

127

der Schopf und ein paar sehr blaue Augen. Gefärbte Kontaktlinsen? In meinen Romanen war die Augenfarbe natürlich immer echt.

Dann kam der Rest von Bernd. Ganz langsam, wegen der gebrochenen Rippe. Ich hatte ausreichend Zeit zu gucken. Mein geübter Liebesromanautorinnenblick erkannte gleich, dass unter der Segelkleidung ein athletischer Körper steckte.

»Karsten sagt, ich soll dir mal 'nen Kaffee bringen und fragen, ob du abgelöst werden willst.«

»Den Kaffee nehm ich gern, das mit der Ablöse hat noch Zeit. Danke.«

»Also, ich trink ja schon seit Jahren keinen Kaffee mehr, weil dat is' ja so ungesund«, sagte Heinz-Günther.

Bernd rollte genervt mit den Augen, und Heinz-Günther musterte interessiert die letzten Tropfen in seiner Bierdose. Er verschwand widerwillig nach unten, vermutlich, um Nachschub zu holen. Bernd nahm seinen Platz ein.

»Kommst du klar?«, fragte er.

Der Kaffeebote war offensichtlich auch auf ein Schwätzchen aus. Robert, mein Angetrauter, saß immer noch in Gedanken versunken auf dem Vordeck und machte weiterhin keine Anstalten, mich vor fremden Männern zu retten, die sich mir anvertrauen wollten. Wozu heiratet frau eigentlich?

Der Seegang war erfreulich moderat; der Wind blies mit sanften drei Beaufort schräg von achtern, und die Sonne kämpfte sich zunehmend zwischen den dicken Wolken hervor. Ich stand am Steuerrad einer elf Meter langen Segelyacht, hörte die Möwen schreien, den Wind rauschen und das Wasser gluckern, und es hätte alles so schön sein können, wenn nicht –

»Es ist sehr nett, dass ihr uns mitgenommen habt«, sagte Bernd.

»Da nich' für«, brummelte ich. Ich war sowieso nicht gefragt worden.

»Wie gut kennst du eigentlich Karsten und seine Frau?«

»Warum?«, fragte ich verblüfft.

128

»Och, nur so.«

Männer stellen keine »Nur-so«-Fragen. Er bezweckte etwas damit. Nicht, dass es mich interessiert hätte.

Ich warf wieder einen Blick in die Runde, sah kurz auf Log, Kompass und Windmessanzeige und war mit dem Ergebnis zufrieden. Das Steuerrad lag ruhig in meinen Händen. Der Bug der Yacht teilte das Wasser; kleine Schaumkrönchen überschlugen sich und lösten sich im Graublau des Wassers wieder auf. Auf meiner Steuerbordseite lag die dänische Halbinsel, an Backbord passierten wir gerade die kleine Insel Fänö. Die Orte trugen hier Namen wie Gammel Albo und Sönder Stenderup. Ich konnte gerade noch den Zeltplatz Stenderup Hage ausmachen, da waren wir schon vorbei, und der Lillebelt breitete sich vor uns aus: Die Ufer schienen zu weichen, Häuser, Straßen und Stege zogen sich zurück, das Wasser dominierte. Die Wellen wurden ein wenig höher.

»Warst du schon öfter mit Karsten segeln?«, fragte Bernd.

»Nein«, sagte ich. Hinter mir in der Achterkajüte hörte ich Heinz-Günther rumoren. Durch das Schott sah ich, dass Knut und Karsten immer noch die Köpfe zusammensteckten.

»Aber du kennst ihn von früher?«

»Nein.«

Warum wollte der Mann mir ein Gespräch aufzwingen? Mein Beruf besteht daraus, den ganzen Tag Worte aneinander zu reihen und mir abends die Worte laut vorzulesen, damit ich hören kann, ob der Klang stimmt. Oder ich höre mir die Worte an, die Robert den ganzen Tag über aneinander gereiht hat. Meinen Urlaub dagegen stelle ich mir so wortlos wie möglich vor: Ich will den Wind in meinem Haar spüren, die leicht salzige Luft einatmen, neue Eindrücke aufnehmen. Und meinen Liebsten vernaschen, was jetzt leider wegen Überfüllung der *Gutemine* ausfiel.

Bernd schob das Steckschott zum Niedergang wieder ein und sah mich eindringlich an. »Und wie bist du an Bord gekommen?«, fragte er weiter.

129

»Über den Einstieg am Bug.«

»Ach, hör doch auf mit dem Scheiß«, schimpfte er. Und dann beschwerte er sich darüber, dass ausgerechnet ich auf diesem Scheißschiff mitfahren musste, die die Zähne nicht auseinanderkriegte, während Frauen normalerweise so kommunikativ und offen seien, und überhaupt könne man sich auf diesem Kahn mit keinem richtig unterhalten. Wäre doch bloß seine beste Freundin hier, und hätte er doch bloß nicht auf seinen Therapeuten gehört, der ihm Männergesellschaft verordnet hatte.

»Du siehst ja, was passiert, wenn Männer unter sich sind«, sagte er aufgebracht. »Es gibt Mord und Totschlag.«

»Ein Unfall ist kein Mord.«

»Unfall!«, schnaubte er. »Blödsinn.«

Krimis sind eigentlich Roberts Spezialität, aber der hatte es ja vorgezogen, an diesem Gespräch nicht teilzunehmen. Ich fragte mich, ob der achterliche Wind Wortfetzen bis zum Vordeck tragen würde, wo Robert jetzt auf dem Rücken lag. Seine spitzen Knie ragten in die Höhe.

»Das war kein Unfall«, sagte Bernd. »Knut hat sein Schiff absichtlich auf eine Untiefe gesteuert, damit Arne über Bord geht.«

Eine Bö fuhr in die Segel und brachte das Schiff ein wenig vom Kurs ab. Und dann noch eine und noch eine. Der Wind kam jetzt aus einer geringfügig anderen Richtung. Ich fummelte an der Fockschot herum, um die Stellung des Vorsegels anzupassen. Unserem Seebären Karsten war der Bruch in der gleichmäßigen Bewegung des Schiffes nicht entgangen; er öffnete das Luk, warf einen Blick auf die Segelstellung, zwinkerte mir zu und verschwand wieder unter Deck. Knut und er mussten sich wirklich viel zu erzählen haben.

Bernd hatte auch viel zu erzählen. Er sei unter Deck der *Seeotter* gewesen und habe geschlafen, als es diesen fürchterlichen Rums gegeben habe. Und dann sei da noch ein dumpfer Schlag gewesen, und erst viel später habe Knut »Mann über Bord«

130

gerufen, aber da sei Arne schon nicht mehr zu sehen gewesen. Dafür konnte es jede Menge Gründe geben, dachte ich. Knut war mit der *Seeotter* gerade aufgelaufen. Da war sein erster Gedanke vermutlich nicht, nachzusehen, wo seine Mitsegler sich genau aufhielten. »Eine Hand für dich, eine für das Schiff«, hatte Karsten mir eingebläut. Und bei Nordost sieben, wie er an diesem Tag blies, sollte sowieso niemand ohne Rettungsweste und eingehängte Life-Line unterwegs sein.

»Jedenfalls geht Arne nicht einfach über Bord. Der ist noch nie über Bord gegangen.«

Die meisten Menschen bekommen dazu auch nicht viel Gelegenheit, dachte ich. Nicht im Mai in der fünf Grad kalten Ostsee. Fünfzehn Minuten. Wer danach nicht raus ist, hat keine Chance mehr. Und Arne hatten sie nicht rechtzeitig finden können. Nicht mit der manövrierunfähigen *Seeotter* bei diesem Wellengang. Knut hatte über Funk die Seenotrettung gerufen. Und die Dänen, die jede Strömung und jeden Wirbel kennen, hatten schließlich Arnes Leiche bergen können. Dass Arne nicht angeleint gewesen war, ließ Bernd als Argument für einen Unfall nicht gelten. »Das brauchte er nicht. Der bewegte sich absolut sicher auf dem Boot.«

Bei Nordost sieben, mit Starkwindböen und wenn das Boot auf Grund läuft? Bernd war nicht davon abzubringen. Jemand musste nachgeholfen haben, und er hatte auch einen Verdacht. Knut, meinte er, der müsse Arne ins Wasser gestoßen haben. Knut habe zwar gesagt, Arne sei durch die Wucht des Aufpralls über Bord gegangen, aber das könne ja jeder sagen.

Ich bin zwar keine Krimispezialistin, aber eines habe ich von Robert schon mitbekommen, nämlich dass es für solch verwerfliche Taten meist auch ein Motiv gibt. Während ich noch darüber nachdachte, was es wohl sein könnte, beugte Bernd sich wieder vertraulich nach vorn.

»Knut hat das für euren Skipper getan! Karsten und er sind doch alte Freunde!«

Ich verstand nur Bahnhof.

»Der Arne hatte doch ein Verhältnis mit Karstens Frau!«, sagte Bernd in einem Ton, als gehöre dieses Wissen zur Allgemeinbildung. »Er wollte bei euch auf der *Gutemine* anheuern, um sich Karsten mal aus der Nähe anzusehen, aber Karsten hat gesagt, er nimmt nur Paare mit.«

»Und warum wollte Arne sich den Karsten aus der Nähe ansehen?«, fragte ich.

»Weil Evelyn sich nicht scheiden lassen wollte, und da wollte Arne mal sehen, ob da was zu machen ist.«

Was hatte Bernd da gerade über Männer, Mord und Totschlag gesagt? Kein Wunder, wenn man so unsensibel an eine delikate Angelegenheit heranging. Trotzdem – ich konnte an die Mordtheorie nicht glauben.

»Hast du der Polizei von deinem Verdacht erzählt?«

Bernd schüttelte den Kopf. »Ich kann doch kein Dänisch. Außerdem war Knut immer dabei.«

»Und wo war Heinz-Günther die ganze Zeit?«, wollte ich noch wissen.

»Der lag wahrscheinlich besoffen unter Deck.« Bernd machte eine abwertende Handbewegung. »Was anderes als saufen und dummes Zeug quatschen kann der doch nicht.«

Ich gab einen Laut von mir, der alles Mögliche bedeuten konnte. Dann bat ich Bernd, mich abzulösen, und begab mich aufs Vordeck, um Robert über die Schutzpflichten eines Ehemanns aufzuklären. Er schlief.

An diesem Abend machten wir im Hafen von Assens auf der Insel Fünen fest. Ich brannte darauf, Robert all das zu erzählen, was mir heute so erzählt worden war, trotz meiner standhaften Gegenwehr und aller meiner Signale, in Ruhe gelassen zu werden. Sagte Robert nicht immer, es gebe nur zwei Motive für Verbrechen – Liebe und Geld? Angenommen, an Bernds Vermutungen wäre etwas dran?

132

Andererseits konnte ich mir immer noch nicht vorstellen, dass Knut sich, sein Boot und seine Mitsegler in Gefahr brachte, nur um den Nebenbuhler seines besten Freundes auszuschalten. Gäbe es da nicht sicherere Methoden? Ich dachte eine Weile darüber nach, aber es fiel mir keine ein.

Meinen Krimiexperten konnte ich nicht fragen, denn anstatt mit mir zu einem langen, intimen Spaziergang aufzubrechen, hatte sich der Gute doch von den anderen zu einer Runde Skat mit Schnaps überreden lassen. Dabei wurde am Ende jeder Runde eine Münze geworfen, die dann darüber entschied, ob der Sieger oder die Verlierer einen Schnaps trinken durften.

Skat kann ich nicht, und Schnaps mag ich nicht. Also ging ich ein wenig spazieren und setzte mich anschließend im Hafen auf eine Bank. Es war ziemlich kühl geworden, und ich war dankbar für den dicken Pullover, den ich angezogen hatte. Eine Weile beobachtete ich das Treiben auf den Yachten im Hafen; dann wurde es dunkel, und es war nicht mehr viel zu sehen.

Plötzlich nahm ich den Geruch einer brennenden Pfeife war, und bevor ich noch etwas denken konnte, ließ Knut sich neben mir auf die Bank fallen. Im Schein der spärlichen Hafenbeleuchtung verliehen ihm sein dunkles Haar unter der Skippermütze und der dunkle Vollbart ein düsteres Aussehen.

»Bist du nicht beim Skat?«, fragte ich ein wenig dümmlich.

»Hab versucht, meine Frau zu erreichen, aber die geht nicht ans Telefon. Und dann musste ich mit der Polizei telefonieren. Morgen kann ich die *Seeotter* aus Fredericia abholen.«

»Gut«, sagte ich. »Ich meine, dass du dein Schiff wiederkriegst.«

»Sonst ist ja nicht viel Gutes passiert auf diesem Törn.«

Ich verschränkte die Arme vor der Brust. »Tut mir leid, dass dein Mitsegler umgekommen ist.«

Knut nickte. »Wenn ich nicht so viele Fehler gemacht hätte ...«

»Was für Fehler denn?«, fragte ich.

133

»Als Erstes habe ich den Kerlen geglaubt, die ich mitgenommen hab. Die wollten unbedingt rund Fünen. Ich hab denen gesagt, Jungs, wir haben Nordost, das wird tagelang so bleiben. Wir müssen erst mal nur gegen an, wenn wir rund Fünen wollen, das ist kein Vergnügen. Lasst uns eine andere Tour machen. Aber nein, das würde ihnen gar nichts ausmachen, und sie hätten Gott weiß wie viel Segelerfahrung und so ... Na ja, sie haben sich beim Auslaufen auch nicht schlecht angestellt, aber als wir aus dem Fehmarnsund raus wollten, gab's tierisch einen auf die Mütze. Der Eine bricht sich die Rippen, weil er am Niedergang rumturnt und sich nicht festhält, der Idiot. Der Zweite hängt über der Reling und kotzt die ganze Zeit, und der Dritte leint sich nicht an und geht über Bord. Ein Alptraum.«

Er fuhr sich mit der Hand immer wieder langsam durch den Bart, wie zur Beruhigung.

»Das konntest du doch vorher nicht wissen«, sagte ich.

»Aber das mit der Untiefe, das hätte ich wissen müssen«, widersprach er. »Normalerweise komme ich prima drüber über die Stelle, aber der Wind steht da schon seit Tagen drauf, und bei der Windstärke war doch klar, dass der Wasserspiegel da niedriger ist. Ich bin doch kein Anfänger!«

Nein, das war er sicher nicht. Wenn ich Karsten richtig verstanden hatte, segelten sie beide schon seit fast dreißig Jahren in der Ostsee. Musste man deshalb wirklich alles wissen? Ich jedenfalls hätte nicht daran gedacht, dass sich der Wasserstand so stark verändern konnte. Aber ich war ja auch nur eine Schönwetterseglerin.

»Kanntest du deine Mitsegler schon vorher?«, fragte ich.

Knut schüttelte den Kopf. »Nee, sonst hätte ich die gar nicht mitgenommen. Tut mir leid, dass ihr die jetzt am Hals habt. Aber was sollte ich denn machen.« Er erhob sich schwerfällig, tippte mit dem Finger an die Mütze und ließ mich auf meiner Bank allein.

134

Am nächsten Morgen war der Himmel einheitlich grau, und es wehte ein starker Wind aus – Nordost, was auch sonst. Ich lüftete den Salon, der vom Vorabend noch nach Schnaps und Männern roch, und goss mir gerade eine Tasse Kaffee ein, als Heinz-Günther aus der Koje kam.

»Also, ich trink ja schon seit Jahren keinen Kaffee mehr, nä, weil dat is' doch so ungesund«, kommentierte er mein Frühstück. Er setzte sich zu mir an den Tisch, nahm sich ein Rosinenbrot und bestrich es dick mit Leberwurst. Dazu trank er Cola mit Rum aus der Dose.

»Wo issen Bernd?«, wollte er dann wissen.

»Der scheint heute Nacht abgemustert zu haben«, sagte Knut, der aus der Toilette kam. Er hatte dunkle Ringe unter den Augen, und sein Gesicht war grau und müde.

Bernd war in der Nacht mit Sack und Pack verschwunden. Auch gut, dachte ich. Einer weniger, der das Klo verpisst und mich zutextet. Nach meinem Gespräch mit Knut gestern Abend fand ich Bernds fixe Idee, dass Knut Arne ermordet haben könnte, sowieso völlig absurd.

Als ich später am Morgen mit Robert durch die Straßen von Assens bummelte und die kleinen, schön renovierten Stadthäuser betrachtete, hatte ich Bernd und seine Theorie schon fast vergessen. Knut war nach dem Frühstück gleich losgefahren, um die Ruderanlage notdürftig wieder in Ordnung zu bringen und die *Seeotter* heimzuholen. Noch ein Mann weniger auf unserem Schiff. Das konnte die sanitären Zustände nur verbessern.

Die Auslagen in einer Bäckerei sahen so verführerisch aus, dass ich mein Glück versuchte. Ohne Dänischkenntnisse, nur mit Fingerzeigen und Lächeln kaufte ich jede Menge süße Stückchen zum Kaffee. Robert wartete draußen, weil es ihm peinlich war, mich radebrechen zu sehen.

Und während wir noch überlegten, ob wir die *Gutemine* heute nach Faaborg oder direkt nach Troense zu Waldemars Schloss

135

segeln wollten – Karsten legte Wert darauf, uns die Kulturschätze Dänemarks nahezubringen –, fing es an zu regnen. Stetig und unnachgiebig. Der Himmel sah nicht so aus, als wollte er dieses Programm in absehbarer Zeit ändern. Karsten schlug daher eine Busfahrt nach Odense vor, um das Geburtshaus von Hans Christian Andersen zu besichtigen. Heinz-Günther war an Kultur nicht interessiert und beschloss, auf eigene Faust »um die Häuser zu ziehen«. Karsten verdonnerte ihn jedoch dazu, in unserer Abwesenheit das Deck zu schrubben. Sein »Also, ich bin hier doch im Urlaub und nich zum Malochen« ließ er nicht gelten. Immerhin hatte sich Heinz-Günther bisher vor allen anderen Aufgaben an Bord erfolgreich gedrückt.

Wir trafen ihn zum Abendessen an Bord, wo ich bei Seelachs in Kräutersauce laut darüber nachdachte, dass mein Schiff groß genug sein müsste für einen Backofen. Seelachs mit Kräuterhaube überbacken mochte ich nämlich viel lieber.

»Bordfrauengeschwätz«, brummelte Robert, der leider außer Trittweite saß. Ich empfehle jeder Frau, die einen Heiratsantrag bekommt, ihren Liebsten vor Annahme des Antrags unter Extrembedingungen zu testen und sich erst danach zu entscheiden. Plötzlich war ich mir mit Robert nämlich nicht mehr so sicher.

Zum Nachtisch vertilgten wir die Stückchen, die ich eingekauft hatte.

»Also Nachtisch, so wat ess ich ja schon seit Jahren nich mehr, nä, viel zu viel Kalorien.«

»Und was ist mit Alkohol? Hat der keine?«, fragte ich.

»Ach, das bisschen, das schwitz' ich wieder raus!«

Am nächsten Morgen führte unsere Tour von Assens nach Faaborg, wo wir uns unter anderem das Gefängnismuseum ansehen wollten. Bei Windstärke zwei und wolkenlosem Himmel stand Heinz-Günther mit Südwester, grüner Regenjacke, Rettungsweste und Sicherheitsleine stolz am Steuer, die Bierdose in der Hand. Prost!

136

Ich verzog mich zu Robert aufs Vordeck in der Hoffnung auf etwas romantisches Geturtel. So schnell wollte ich unsere junge Ehe jetzt doch nicht aufgeben.

»Weißt du, was komisch ist?«, sagte Robert stattdessen.

»Nein.«

»Ich hab Knut gestern in Assens gesehen.«

»Und?«

»Ich hab ihm gewinkt, aber er tat, als hätte er mich nicht gesehen. Du warst gerade in der Bäckerei.«

»Vielleicht hat er dich ja wirklich nicht gesehen«, sagte ich besänftigend und kuschelte mich an ihn, um den romantischen Teil einzuleiten.

»Er muss mich gesehen haben. Aber dann ging ein anderer Mann auf ihn zu, der sprach russisch, glaube ich, und die beiden haben sich gestritten. Jedenfalls sah das ziemlich bedrohlich aus. Ich glaube, der andere Kerl trug eine Waffe unterm Arm.«

Vermutlich ging die Krimiautorenphantasie mit meinem Liebsten durch. Er hatte gerade ein Manuskript beendet und suchte nun Stoff für ein neues. Aber wenn er auf diesem Trip war, brauchte ich es mit Romantik gar nicht erst zu versuchen. Ich verzichtete auf das Kuscheln und erzählte ihm von Bernds Theorie und dem Gespräch mit Knut.

»Passt alles irgendwie nicht zusammen«, sagte Robert. »Es sei denn, Knut und Arne sind beim Geheimdienst, und Bernd arbeitet für die Russen.«

Ich rollte mit den Augen.

»Siehst du die Insel da vorn?« Karsten hatte mich ans Steuer gerufen. »Das ist Aerö. Und den Kirchturm da in der Ferne? Das ist der Kirchturm von Söby. Da hältst du jetzt schnurgerade drauf zu.« Sprach's und verschwand unter Deck.

Kaum hielt ich das Steuerrad in der Hand, klebte auch schon Heinz-Günther an mir.

»Also, wenn et mein Schiff wär, nä«, sagte Heinz-Günther. »Wenn die *Seeotter* mein Schiff wär, dann hätt ich 'nen Handwerker geschickt. Ich wär da nich selber hin, nä.«

»Es ist aber nicht dein Schiff«, knurrte ich.

»Ich mein ja bloß, wenn et meins wäre«, sagte Heinz-Günther.

»Vielleicht hat Knut nicht genug Geld, um einen Handwerker zu schicken«, sagte ich. »Vielleicht –«

»Für andere Sachen hat er auch genug Kohle, nä«, nörgelte Heinz-Günther. »Weiß ich genau. Und wenn ich nich genug Geld für 'n Handwerker hab, nä, dann kann ich mir auch kein Boot leisten. So sieht's doch aus.«

»Was weißt du genau?«, fragte ich. Roberts wilde Phantasien vom Abend zuvor gingen mir noch durch den Kopf.

Heinz-Günther leerte seine Bierdose. »Na, dat der Knut Kohle hat, nä, hab ich doch gesehn.«

»Und woran hast du das gesehen?«

»Na, an den vielen Kaviar, den der an Bord hat, nä. Also ich, ich ess ja schon seit Jahren kein Kaviar mehr, weil dat is ja irgendwie eklig – Fischeier, nä.«

Kaviar? Vielleicht auf einer Luxusyacht, aber auf Knuts Zehnmeterschiff? Ich stimmte Heinz-Günther zu, dass Kaviar zu den Dingen gehörte, die kein Mensch brauchte. Und dann fragte ich ihn, woher er das denn eigentlich wusste. Er druckste eine Weile rum, saugte die letzten Tropfen aus seiner Bierdose und machte Anstalten, nach unten zu verschwinden und Nachschub zu holen.

»Das bleibt unter uns, Ehrenwort«, sagte ich verschwörerisch.

Es zahlte sich aus, dass ich nicht ganz so eklig zu Heinz-Günther gewesen war wie die anderen. »Also, dir kann ich et ja sagen, nä. Also, an einem Abend, nä, da hattich nich mehr genug Bier, und da dacht ich, vielleicht hat Knut ja was in seiner Vorratskiste, nä, weil, das Schiff liegt immer so tief, und da dacht ich, er hat da Bier und Schnaps gebunkert, nä, und da könnt ich mir dann was leihen. War aber nur Kaviar. Nich so, wie de Oma das für de russische Eier

138

im Supermarkt kauft, nä, nee, so richtig große Dosen. Und nich mal Wodka dabei.«

Die Enttäuschung war ihm immer noch anzumerken.

»Danke«, sagte ich. Er nickte kurz und machte sich auf den Weg zum nächsten Bier.

Gern hätte ich stundenlang auf den Kirchturm von Söby zugehalten, ich wäre auch, wenn die Örtlichkeiten es zugelassen hätten, bis in die Kirche gesegelt, wenn ich dabei nur meine Ruhe gehabt hätte. Kaum war Heinz-Günther nämlich nach unten verschwunden, um die nächste Bierdose aus der Kühlbox zu holen, setzte sich Karsten zu mir. Mein lieber guter Mann Robert war – auf dem Vordeck, wo auch sonst. Er übte Knoten machen und tüftelte dabei vermutlich neue Verbrechen aus, während ich hier sozusagen mittendrin steckte. Im Verbrechen. Jedenfalls hatte mein Hirn flugs eine Verbindung zwischen Kaviar und Russen mit Kanonen unterm Arm hergestellt, aber vielleicht saß ich gerade auch nur einem Klischee auf? Leider kam ich nicht dazu, darüber nachzudenken.

»Ich muss dich mal was fragen«, sagte Karsten.

»Frag«, sagte ich ganz tapfer und fixierte den Kirchtum von Söby fester denn je.

»Du hast dich doch länger mit Bernd unterhalten.«

»Mhm.« Er sich mit mir traf es besser.

»Was hat er denn so erzählt?«

Dass er deinen besten Freund für einen Mörder hält. »Er war ziemlich aufgewühlt wegen Arnes Tod. Die beiden kannten sich wohl schon länger.«

»Ach ja? Das wusste ich gar nicht. Und sonst?«

Bevor Karsten jetzt mit der »Nur-so«-Nummer anfangen konnte, ging ich zum Angriff über. »Warum willst du wissen, was Bernd gesagt hat?«

»Weil ... weil ... ich weiß nicht, wie ich's sagen soll.«

Bevorzugt kurz und knapp. »Versuch's einfach.«

»Bernd – also, Bernd ... Bernd ist tot.«

139

Der Kirchturm von Söby verschwand kurz aus meinem Blickfeld, aber schon hatte ich ihn wieder.

»Wie ist das passiert?«

»Viel weiß ich auch nicht. Er wurde erschossen aufgefunden, im Hafen von Fredericia, nicht weit von Knuts Boot.«

Oha. »Wann denn?«

»Gestern Abend. Die Polizei hat Knut verhört. Erst der Unfall, jetzt ein erschossener Mitsegler. Knut darf die Stadt nicht verlassen.« Karsten wollte gern umkehren – würde ich den Kirchturm von Söby jemals aus der Nähe sehen? – und seinem Freund beistehen. Er bot an, uns das Geld zurückzugeben und die Heimfahrt zu zahlen, aber Robert war auf Abenteuer aus und ich war mit ihm verheiratet. Sogar Heinz-Günther lehnte ab, von Bord zu gehen.

Der Weg nach Fredericia hinauf war furchtbar. Wind und Wellen kamen direkt von vorn, und wir mussten die Maschine einsetzen, weil wir für das Hochkreuzen im Lillebelt nicht genug Platz und keine Geduld hatten. Karstens Unruhe hatte uns angesteckt.

»Siehst du, dass ich recht hatte?«, sagte Robert, als wir unter Deck in der Pantry standen und begleitet vom Stampfen des Dieselmotors ein Tablett mit Nachmittagskaffee und Keksen richteten. »Da ist irgendetwas faul. Vermutlich wollte Bernd noch mal zu dem Schiff und sehen, ob er einen Beweis dafür findet, dass Arne ermordet wurde«, war Roberts Überlegung. »Aber was hat er da wohl gefunden?«

Ich erzählte ihm die Geschichte mit dem Kaviar.

»So langsam bekommen wir die Puzzleteile zusammen«, sagte Robert. »Was ist, wenn Knut auf der *Seeotter* Kaviar schmuggelt?«

»Da würde er ja wohl genug Geld verdienen, dass er keine zahlenden Gäste mehr mitnehmen müsste«, sagte ich.

»Natürlich müsste er das weiter tun, zur Tarnung«, widersprach Robert.

»Und wer ist dann Bernd? Ein Kriminalpolizist im verdeckten Einsatz? Ein Spion? Und was ist mit Arne?"

140

Robert überlegte. »Vielleicht sind Bernd und Arne Kollegen. Knut könnte herausgefunden haben, dass sie ihm auf den Fersen sind. Vielleicht hat er ja bei einer Bö das Steuer absichtlich so verrissen, dass Bernd gestürzt ist. Damit hat er versucht, ihn loszuwerden. Das würde auch erklären, warum Bernd unbedingt an Bord bleiben wollte.«

Das würde es tatsächlich, aber ich konnte mir Bernd mit seiner besten Freundin und seinem Psychotherapeuten nicht als Polizisten vorstellen. Oder war seine Tarnung so perfekt gewesen? Jedenfalls war mir da überall zu viel vielleicht dabei.

»Ich glaube nicht an Bernds Mordtheorie«, sagte ich. »Du hast doch mitbekommen, wie sehr Knut sein Schiff liebt. Das setzt er doch nicht einfach so auf Grund, nur damit Arne über Bord geht.«

»Frauenlogik.« Robert seufzte. »Männer machen dauernd was kaputt, was sie lieben. Liest du keine Zeitung?«

Knut meldete sich über Funk und gab durch, wo im Hafen wir ihn finden würden. Die Obduktion von Bernd war noch nicht abgeschlossen, aber er war mit einer russischen Waffe erschossen worden. Die Waffe fehlte allerdings.

»Die Polizei war sehr enttäuscht, dass sie an meinen Händen keine Schmauchspuren und auf meinem Boot keine Blutlache gefunden hat«, sagte er leichthin, aber der heitere Tonfall klang bemüht. Vielleicht kam es mir auch nur so vor, weil der Funk so viele Störgeräusche hatte. Robert belehrte mich noch, dass eine russische Waffe gar nichts bedeutete, die bekäme man heute auf jedem Flohmarkt nachgeschmissen.

Es dämmerte bereits, als wir unter der Kleine-Belt-Brücke hindurchfuhren und Kurs auf Fredericia nahmen.

»Rieke, was Heinz-Günther gesagt hat, lässt mir keine Ruhe. Knuts Yacht liegt wirklich viel zu tief im Wasser –«

»Das weiß ich auch«, warf ich ein. »Erstens bin ich nicht blind, und zweitens lästert Karsten ja ständig drüber, dass Knut einer ist, der Berge von unnützem Kram mitschleppt.«

»Das mag sein, aber ich will wissen, was auf der *Seeotter* los ist.«

»Du bist nicht einfach nur scharf auf eine Gratisdose Kaviar, oder?«, fragte ich patzig.

Wir lagen mit der *Gutemine* in der hintersten Ecke des Hafens, nicht weit von den Müllcontainern, und es roch keineswegs nach Seeluft. Ich konnte Robert nicht verstehen. Warum um alles in der Welt musste er sich da einmischen? Es lag ihm weder an Knut noch an Arne und Bernd etwas, und wenn die Polizei keine Blutspuren auf der *Seeotter* gefunden hatte, dann waren dort ja vielleicht auch keine gewesen?

»Ich sag ja gar nicht, dass Knut Bernd erschossen hat, aber ist das nicht ein bisschen zu viel Zufall? Zwei Männer, die sich gut kennen, machen eine gemeinsame Segeltour, und beide verunglücken dabei tödlich? Während der Skipper sich mit bewaffneten Russen streitet und Kaviar in seinem Schiff hortet?«, sagte Robert.

Meiner Ansicht nach ließen sich die Begriffe Männer, Segeltour und Unfall beliebig kombinieren. Bei Russen und Kaviar wurde es allerdings schwierig. Mein Schweigen beeindruckte Robert nicht.

»Ich will herausfinden, worum es hier eigentlich geht.«

»Die Polizei auch, und denen kannst du morgen alles über Kaviar und Russen erzählen«, sagte ich deshalb mit besonders entmutigendem Tonfall. Es funktionierte nicht.

»Wir gehen an Bord der *Seeotter* und schauen uns dort mal um. Knut hat doch gesagt, dass er mit Karsten einen trinken geht. Es kann gar nichts passieren.«

Ich wusste nicht genau, welcher Punkt in dieser Rede mir am wenigsten gefiel. Aber wie hieß es so schön? In Krankheit und Gesundheit, in Leichtsinn und Dummheit ... Rumschnüffeln mit Robert oder rumsitzen ohne ihn? Ich ging mit.

Wir schlichen uns die Stege entlang bis zu Knuts Liegeplatz. Ich kam mir vor wie Ellen Barkin in *The Big Easy*, als sie Den-

142

nis Quaid in den Hafen hinterher schleicht. Ich hoffte nur, dass es bei uns weniger Tote geben würde. Wir kletterten leise an Bord der *Seeotter*, stiegen den Niedergang hinab und machten Luk und Schott von innen zu. Vermutlich hatte Robert gerade ohne mit der Wimper zu zucken das Polizeisiegel aufgebrochen. Dieser Hauch von Skrupellosigkeit gefiel mir. Trotzdem musste ich dauernd an Bernd denken, der vermutlich auch auf Knuts Schiff herumgekrochen war und nun nicht mehr mitteilen konnte, was er herausgefunden hatte. Mit feuchten Händen blieb ich am Niedergang stehen, während Robert mit der Taschenlampe die Yacht absuchte. Im Vorschiff wurde er fündig.

Er winkte mich heran. Die *Seeotter* schaukelte, und ich stolperte Robert fast in die Arme.

»Also doch«, sagte er und hielt mir eine große Dose Kaviar entgegen. »Knut schmuggelt russischen Kaviar. Sieh dir das an.« Der Schein der Taschenlampe wanderte von Dose zu Dose. Der gesamte Stauraum war damit gefüllt. »Übrigens liegt das Boot gleichmäßig tief im Wasser, es muss also noch andere Verstecke geben.«

»Ich kann mir nicht vorstellen, dass jemand wegen ein bisschen Kaviar einen Menschen umbringt«, sagte ich.

»Deshalb schreibst du ja auch Liebesromane«, sagte Robert. »Vielleicht hat Bernd ja die Abnehmer beim Abholen gestört, und dabei haben sie ihn erschossen. Oder Knut –«

Ein Geräusch hinter uns ließ uns zusammenfahren. Wir drehten uns um, in perfekter Choreographie. Wir standen Auge in Auge mit Knut. Robert hatte noch die Kaviardose in der Hand.

In Knuts Blick lag eine seltsame Ruhe, als wisse er ganz genau, was zu tun sei. Mein Herz versuchte, durch die Ohren zu entkommen, und blieb unterwegs stecken. Der Kaviar in Roberts Hand zitterte. Die ideale Methode, einen Martini zu schütteln.

»Und jetzt?«, fragte Knut.

Wir zuckten synchron mit den Schultern. Vielleicht hatten wir noch eine Zukunft beim Synchronschwimmen. Falls wir überhaupt eine Zukunft hatten. Wir standen alle drei lange da, ohne uns zu rühren. Schließlich streckte Knut die Hand aus, und Robert gab ihm die Dose.

»Ich bring das in Ordnung«, sagte Knut, als wäre damit alles geklärt – der Kaviarschmuggel, Arnes und Bernds Tod ...

Immer noch stand ich wie angewurzelt da, mein Mund trocken wie die Sahara. Ich wagte nicht, etwas zu fragen.

»Ihr könnt mir beim Ablegen helfen«, sagte Knut. Eine sparsame Kopfbewegung wies uns an, an Deck zu gehen. Wir gingen, er hinter uns. Ich lauschte auf das Geräusch einer Schusswaffe, die entsichert wurde.

Nichts passierte. Wir gingen einfach an Deck.

Knut sah sich kurz um und ließ den Motor an.

»Achterleinen los.«

Ich löste die Festmacher von den Dalben und legte sie ordentlich an Deck. »Achterleinen sind los«, krächzte ich.

»Dann runter mit euch.«

Gehorsam kletterten wir über den Ausstieg am Bug auf den Steg. Mein Herz schlug immer noch viel zu laut und übertönte alle Fragen, die in meinem Kopf Schlange standen.

»Vorleinen los!«, rief Knut und holte die Fender an Bord.

Wir lösten die Leinen und warfen die Festmacher auf die *Seeotter.*

»Vorleinen sind los.«

Knut nickte uns zu, dann tuckerte er sehr langsam rückwärts aus der Box. Er legte den Vorwärtsgang ein und verließ in der einsetzenden Dämmerung den Hafen. Wir sahen der Yacht hinterher, bis ihre Positionslichter in der Ferne verschwanden.

»Verstehst du das?«, fragte ich.

»Vielleicht«, erwiderte Robert. Sonst sagte er nichts.

In Roberts Krimis erklärt der Täter am Ende immer, was er gemacht hat und warum. Knut tat nichts dergleichen. Er segelte einfach davon.

144

Robert und ich sind uns bis heute nicht darüber einig, ob Knut Arne und Bernd umgebracht hat. Jedenfalls rechne ich es Knut hoch an, dass er uns hat gehen lassen.

Wir haben ihn nie wieder gesehen. Die *Seeotter* wurde drei Wochen später im Skaggerak gefunden, mit gerissenem Segel und schweren Schäden am Rumpf. Knuts Frau erhielt eine ziemlich hohe Summe aus der Lebensversicherung, die er auf sie abgeschlossen hatte. Knuts Leiche wurde nie gefunden.

Blut ist dicker als Wein

Zügig setzte er das Fasstürchen mit dem Hahn vorne ins Mannloch des Fasses und verriegelte es mit einem Ruck. Das Fass hatte lange leer gestanden; der Großteil des Weins wurde heutzutage in Stahltanks gelagert. Das Holz war trocken, zwischen den Dauben zeigten sich dünne Ritzen. Beim Wässern würde sich das geben. Wenn sich das Holz erst vollgesogen hatte, war das alte Fass wieder dicht. So dicht, wie man es von einem Holzfass erwarten konnte. Er steckte den stabilen Schlauch oben in das Spundloch, sicherte ihn mit einem Keil und drehte das Wasser auf. Es würde eine Weile dauern, bis das Fass voll war. Er stieg die ausgetretenen Stufen der Sandsteintreppe hinauf und schloss die Tür des Gewölbekellers hinter sich. Die gedämpften Schreie überhörte er.

Riesling, Riesling, wenn ich das Wort noch einmal hören muss, dachte Reinhold Meisinger. Es war sinnlos, den Satz mit grauenhafter Konsequenz zu Ende zu denken, denn zweifellos würde er das Wort noch häufig hören. Zu häufig. Täglich. Unzählige Male. Und nicht nur bei einem Weinseminar wie diesem hier in Koblenz. Er verstand die Begeisterung für Riesling nicht. Nicht mehr. Was konnte schon Besonderes an einem Wein sein, den man angeblich zu allem servieren konnte? Wasser konnte man auch zu allem trinken. Zum Glück spielte Riesling hier in diesem Weinseminar nur eine untergeordnete Rolle. Die anderen Rebsorten interessierten ihn mehr.

147

Mit Riesling war er groß geworden. Anderen Kindern hatte man Lebertran eingeflößt, ihm Riesling. Jetzt, als Erwachsener, trank er kaum. Jedenfalls keinen Riesling. Wer tut schon freiwillig, wozu er als Kind gezwungen wurde?

»Du musst früh deinen Geschmack schulen«, hatte der Großvater gesagt. Und regelmäßig Weinproben mit ihm veranstaltet. »Du musst alles lernen, was du brauchst, um eines Tages den Betrieb zu führen. Nur dann kann ich wirklich stolz auf dich sein.«

Die Schulung seines Geschmacks beschränkte sich allerdings auf Riesling, in sämtlichen Varianten. Anbaugebiete, Jahrgänge, Böden, Kabinett, Spätlese, Eiswein. Als er in die Schule kam, lebte er in dem Glauben, Riesling sei ein anderes Wort für Wein. Die anderen Kinder machten sich über seine Dummheit lustig. Und über seinen altmodischen Vornamen.

»Warum hast du mir nicht erzählt, dass es noch andere Weinsorten gibt?«, hatte er gefragt.

»Die brauchst du nicht zu kennen«, hatte der Großvater geantwortet. »Wir bauen seit hundertfünfzig Jahren Riesling an, und dabei wird es bleiben.«

Reinhold machte eine unwillige Handbewegung, als könne er damit die Erinnerungen verscheuchen.

»Ja bitte?«, sagte der Kursleiter des Weinseminars, der die Teilnehmer anscheinend gut im Blick hatte. »Sie haben eine Frage?«

Erschrocken schüttelte er den Kopf. Das Letzte, was er wollte, war Aufmerksamkeit erregen.

»Gut«, sagte der Seminarleiter. »Dann haben wir das Thema Riesling erst einmal abgeschlossen. Jedenfalls in der Theorie.« Er drückte auf die Fernbedienung, und der Beamer zeigte ein Foto einer Spätburgundertraube. »Kommen wir jetzt zum Rotwein.«

Reinholds Interesse erwachte.

Johann Gottlob Meisinger erhob sich mühsam aus seinem Sessel. Es war feucht und kalt heute; der Winter trat noch einmal nach,

148

bevor er sich endgültig verabschieden musste. Meisinger ächzte und blickte auf seine dicken knotigen Finger. Seine Arthrose machte ihm zu schaffen. Zu dumm, dass die Haushälterin Urlaub genommen hatte. Wo war sie noch mal hingefahren? Er konnte sich nicht erinnern. Ausgerechnet jetzt, wo Reinhold weggefahren war. Zu einem Marketingseminar. Meisinger schnaubte. Neumodisches Zeug, das! Geldverschwendung! So was hatten sie nie gebraucht und würden es auch nie brauchen. Man produzierte erstklassigen Riesling, und den verkaufte man an seine Kunden. Qualität setzte sich immer durch. Dafür brauchte er kein Seminar.

Schwerfällig setzte Meisinger sich in Bewegung; nach den ersten Schritten ging es besser, und bis er die Küche erreicht hatte, waren die Schmerzen kaum noch spürbar. Er schnupperte. Der überbackene Fisch mit Brokkoli war nur ein Fertiggericht, das er in den Ofen geschoben hatte, aber mit einem guten Riesling würde es sicher genießbar sein.

Höchste Zeit, dass er das Weingut an Reinhold abgab. Wenn der bloß nicht solche Flausen im Kopf hätte. Aber die richtige Frau würde ihm den Unsinn schon austreiben. Er hatte auch schon eine im Auge für den Jungen. Die Enkelin eines alten Schulfreundes. Altes Winzergeschlecht, genau wie die Meisingers. Sie sei eine anständige Kellermeisterin, hatte der Freund gesagt, und eine tüchtige Hausfrau. Die ältere Schwester würde das Weingut übernehmen, und die jüngere müsse sich langsam etwas anderes suchen. Er selbst war genauso an seine Frau gekommen, und hatten sie nicht dreißig zufriedene Jahre gehabt? Gott hab sie selig, dachte er. Das Wichtigste für einen Mann war doch, dass seine Frau Verständnis für seinen Beruf hatte und ihm den Rücken frei hielt. Und wenn man sich gegenseitig respektierte, konnte man auch miteinander glücklich werden.

Er entkorkte die Flasche, goss ein wenig ins Glas und sog den Duft genießerisch ein. Die einzige Leidenschaft, die er sich erlaubte. Er ließ den Riesling nun langsam über die Zunge rollen. Ja, der wäre der ideale Begleiter für den Fisch. Er holte den Auflauf aus dem Ofen und tat sich auf. Nach dem dritten oder vierten Bissen kamen die düsteren Gedanken wieder.

Das ganze Gerede von Liebe war dummes Zeug. Er hatte gesehen, wohin das seinen Sohn gebracht hatte! Erst hatte dieses Weib ihm die große Liebe vorgegaukelt, und nach der Geburt von Reinhold war sie verschwunden und hatte Mann und Kind zurückgelassen. Sein Sohn hatte das nicht verkraftet und sich das Leben genommen. Seiner Frau hatte es das Herz gebrochen. Drei Jahre nach dem Sohn war auch sie gestorben und hatte ihn mit dem Kleinen allein gelassen. Er hatte gar nicht recht gewusst, was er mit dem Buben anfangen sollte. Aber irgendwie hatte er ihn dann doch großgezogen und dabei das Weingut am Leben gehalten. Für seine Elisabeth. Auch wenn sie es nicht mehr erlebte. Und für Reinhold natürlich auch.

Er hatte mit ihm noch nicht über die Heirat gesprochen; sie hatten überhaupt nicht mehr über Frauen gesprochen, seit Marietta verschwunden war. Zum Glück, dachte der alte Meisinger, zum Glück. Das Mädchen war ihm nicht recht gewesen für seinen Enkel, arm wie eine Kirchenmaus. Das hatte er ihr unmissverständlich klar gemacht. Von wegen große Liebe! Wenn einer viel hat und einer gar nichts, ist das mit der Liebe immer so eine Sache. Wieso musste er ausgerechnet jetzt an sie denken? Ach, er wurde sentimental. Das ging ihm immer so, wenn der Todestag seiner Elisabeth sich näherte. Von Jahr zu Jahr wurde es schlimmer.

Der Junge musste endlich heiraten. Er wollte noch Urenkel haben, bevor er seinen letzten Weg antrat, sich neben seiner Frau zur Ruhe bettete. Wollte die nächste Generation von Rieslingwinzern noch sehen, bevor sich seine Augen für immer schlossen. Reinhold redete dauernd davon, dass er Dornfelder anbauen wollte, aber das war bestimmt nur eine Phase. Das ging vorbei. Genauso wie sein Spätburgundertick. Seit die Zeitungen behauptet hatten, dass Rotwein vor Herzinfarkt schützt, waren die Leute ganz wild

150

auf Rotwein. Viele seiner Kollegen hatten Riesling- und Silvaner-stöcke herausgerissen und stattdessen Spätburgunder und vor allem Dornfelder gepflanzt. Dornfelder! Wie diese Rebsorte es geschafft hatte, plötzlich so begehrt zu sein, konnte er sich beim besten Willen nicht erklären. Jahrzehnte lang hatte kein Hahn danach gekräht. Und plötzlich waren alle wie wild dahinter her. Aber irgendwann würden die Zeitungen wieder etwas anderes schreiben, und dann war Schluss mit dem Dornfelder.

Er legte das Besteck beiseite, trank sein Glas leer und ließ den Wein noch einmal Zunge und Gaumen schmeicheln. Ein zu-friedenes Lächeln breitete sich auf seinem Gesicht aus. Nicht ein-mal der Schmerz beim Aufstehen konnte es vertreiben.

Er humpelte zur Spülmaschine hinüber und stellte das Ge-schirr hinein. Elisabeth hatte nie von ihm verlangt, dass er im Haushalt half, aber die Haushälterin hatte gemeint, es würde ihm schon kein Zacken aus der Krone brechen. Kein Respekt mehr, das Personal heutzutage. Er musste über sich selbst lächeln. Es war ja nicht so, dass er jemals Heerscharen von Personal befehligt hätte. Sie waren immer ein Familienbetrieb gewesen, der mit Saison-arbeitern auskam. Jedenfalls, bis Elisabeth – er seufzte. Allein fiel ihm alles so schwer. Je älter er wurde, desto schwerer. Manchmal, wenn er morgens erwachte, fragte er sich, ob sich das Aufstehen überhaupt lohnte. Waren das die Tage, an denen Elisabeth nach ihm rief? Er stand dann auf, wie immer, tat seine Pflicht, wie im-mer, aber die Versuchung, einfach liegenzubleiben, wurde von Mal zu Mal größer. Ob seine Elisabeth ihn so vermisste wie er sie? Sentimentaler alter Narr, wollte eine innere Stimme ihn schimp-fen, aber er brachte sie zum Schweigen. Wenn schon! Er hatte sein ganzes Leben lang hart gearbeitet, warum sollte er nicht auch ein-mal ein sentimentaler alter Narr sein dürfen?

Die Frau erkannte er nicht gleich, aber den Jungen – mein Gott, so hatte Reinhold ausgesehen, als er neun oder zehn Jahre alt war!

151

Die beiden standen Hand in Hand auf dem Hof des Weinguts und blickten sich um.

Meisinger kniff die Augen zusammen und musterte die Frau eindringlich. Jetzt drehte sie sich komplett zu ihm um und lächelte ihn vorsichtig an.

»Hallo.«

»Marietta?«

Er traute seinen Augen kaum. Aber doch, jetzt, wo er auf sie zuging – sie musste es sein. Und der Junge war eindeutig – kein Zweifel – dann musste sie damals ja ... Aber wieso hatte sie nichts gesagt?

Die Frau nickte und reichte ihm die Hand. Auch der Junge gab ihm die Hand und grüßte höflich.

»Ich weiß gar nicht, was ich sagen soll«, sagte Meisinger. »Ich hätte nicht damit gerechnet, dass du noch mal hierher kommst, nach all den Jahren.«

Marietta lächelte. »Das habe ich mir gedacht. Normalerweise wäre ich auch gar nicht gekommen. Ist Reinhold da?«

Meisinger schüttelte den Kopf. »Er ist auf einem Marketing-seminar.« Es klang fast ein wenig abfällig.

»So etwas kann heutzutage nicht schaden«, sagte sie. »Es wird immer schwieriger, sich auf dem Markt zu behaupten. Und viele Leute fahren lieber zu einer Weinhandelskette und kaufen etwas Französisches oder Spanisches, das toll klingt, statt sich nach den Schätzen im eigenen Land umzuschauen. Chile und Australien sind auch schwer im Kommen.«

Meisinger sah sie verblüfft an. Was auch immer er erwartet hatte von ihr zu hören, das war es nicht. Und was hatte sie mit »norma-lerweise« gemeint?

Immer noch verwirrt, bat er die beiden herein und führte sie ins Esszimmer, bot ihnen etwas zu trinken an.

»Den Wein muss ich diesmal leider ablehnen«, sagte Marietta. »Verträgt sich nicht mit meinen Medikamenten. Aber wenn du ein

152

Glas Wasser für mich hättest und einen Apfelsaft für Alexander?«

Meisinger nickte.

»Aber dran riechen möchte ich gern.«

Der alte Mann sah sie erstaunt an.

»Ich habe euren Riesling schon immer geliebt«, sagte Marietta. »Das Bukett ist ganz außergewöhnlich, und ich habe noch nirgendwo einen getrunken, der diese zarten goldgelben Farbnuancen hat und die Mineralität des roten Tonschiefers so wunderbar widerspiegelt.«

Meisinger schenkte ein und beobachtete, wie sie den Wein ein wenig schwenkte, bevor sie die Nase ins Glas steckte und genießerisch die Augen schloss. Sie schien den Wein zu inhalieren.

Mit einem tiefen Seufzer tauchte sie schließlich wieder auf. »Ich freue mich schon darauf, wenn ich ihn wieder trinken darf.«

Er wußte nicht recht, was er sagen sollte – fragen, warum sie nicht trinken durfte? Warten, bis sie es von selbst erzählte?

»Mama, darf ich fernsehen?«, fragte der Junge, der sich bisher brav und schweigend an seinem Apfelsaft festgehalten hatte.

»Aber ja, mein Schatz.« Sie ging durch den breiten Durchgang hinüber ins Wohnzimmer und schaltete ihm den Fernseher ein. Er setzte sich auf das Sofa, zog die Schuhe aus und nahm die Decke, die seine Mutter ihm reichte. Meisinger beobachtete sie stumm. Eigentlich hätte er sich über ihr eigenständiges Handeln ärgern müssen, schließlich war es sein Haus. Und doch war ihm seltsamerweise, als habe alles so seine Richtigkeit.

»Die Ärzte meinen, die Chancen stehen gut«, sagte sie, als sie wieder an den Tisch kam. Sie fuhr mit zwei Fingern unter den Haaransatz, hob die Perücke kurz an und zeigte ihm den nackten Schädel.

Er nickte. »Das sagen sie einem auch, wenn man kurz davor ist, den Löffel abzugeben.«

Marietta lächelte. »Heutzutage nicht mehr. Die sind knallhart. Die sagen dir einfach ins Gesicht, du sollst nach Hause gehen und deine Sachen ordnen, viel Zeit hättest du nicht mehr.«

Ihm fiel auf, wie lange er schon nicht mehr beim Arzt gewesen war. »Und dir haben sie das nicht gesagt?«, fragte er.

»Nein. Aber man fragt sich trotzdem immer, ob sie einen anlügen. Schon wegen des Jungen.«

»Wie alt ist denn der Bub?«

»Neun.«

Er rechnete kurz nach. Obwohl das nicht nötig war. Er brauchte ihm nur ins Gesicht zu sehen.

»Ist Reinhold inzwischen verheiratet?«, fragte sie.

»Wieso, machst du dir noch immer Hoffnungen?«

Wieder dieses feine Lächeln. »Ich mache mir Hoffnungen, dass er unserem Sohn ein guter Vater sein wird. Alles andere ist nicht so wichtig.«

Endlich. Sie hatte es ausgesprochen. Hatte ausgesprochen, dass der kleine Alexander Reinholds Sohn war. Sein Urenkel. Sein Erbe. Der ihm in den Schoß gefallen war wie ein Geschenk. Er sah sie nachdenklich an. Lange.

»Möchtest du einen Vaterschaftstest?«, fragte sie schließlich.

»Ich bin nicht blind. Ich habe sofort gesehen, wer sein Vater ist.«

»Und wie soll das jetzt weitergehen?«

Der alte Meisinger hob das Glas am Stiel hoch und schwenkte es sanft, beinahe zärtlich, bis der Riesling darin sich leicht drehte und im Licht der Esszimmerlampe in goldenen Farbvariationen schillerte. Der Bewegung des Weins mit den Augen folgen, das tat er meistens, wenn er angestrengt nachdenken musste. Er wollte alles richtig machen. Das war er Reinhold schuldig. Was würde seine Elisabeth jetzt nur tun?

»Wann musst du wieder ins Krankenhaus?«, fragte er.

»Morgen Nachmittag. Sie wollen erst noch ein paar Tests machen, bevor sie mir übermorgen die nächste und hoffentlich letzte Ladung von diesem wahnsinnig gesunden Zeug dranhängen.«

Meisinger blickte ins Wohnzimmer hinüber, wo Alexander sich unter der Decke zusammengerollt hatte wie eine Katze. Die Decke hob sich sanft und regelmäßig.

»Ihr beide bleibt über Nacht hier. Ihr könnt im Gästezimmer schlafen. Morgen zeige ich euch das Weingut. Und dann werden wir schon sehen.«

Marietta bewegte sich in der Küche des Meisingerschen Hauses, als wäre sie nie fort gewesen. Zehn Jahre, dachte sie, und es kommt mir vor, als sei es gestern gewesen. Es hatte sich nichts verändert, jedenfalls nicht in der Küche. Der alte Meisinger dagegen war ihr gestern schon sehr verändert vorgekommen. Sie hatte nicht damit gerechnet, dass er sie freundlich aufnehmen würde. Ganz im Gegenteil. Vielleicht hätte sie doch schon viel früher herkommen sollen. Bevor sie krank wurde. Sie schüttelte den Kopf. Es hatte keinen Sinn, in »hätte« und »würde« zu denken. Ob Opa Meisinger, wie Alexander ihn nannte, Reinhold die Wahrheit sagen würde? Dass er sie damals erpresst hatte, fortzugehen und sich nicht einmal zu verabschieden? Und war das heute wirklich noch von Bedeutung? So, wie er Alexander angesehen hatte, würde er sich gut um ihn kümmern. Und Reinhold hoffentlich auch. Sie hätte gern selbst mit ihm gesprochen, aber das musste warten bis nach der Chemotherapie. Die dann die letzte sein würde. So oder so.

Opa Meisinger hatte ihr heute Morgen das Weingut gezeigt. Auch hier hatte sich nichts verändert, und für Alexander war es ein riesengroßes Abenteuer gewesen. Er wollte nicht glauben, dass tatsächlich Menschen in die großen Weinfässer krochen, um sie von innen zu reinigen. Die großen Stahltanks beeindruckten ihn auch, aber die Fässer waren »cool«. Sie lächelte. Das hatte sie früher auch schon gefunden. Bei allen Vorteilen dieser Stahltanks, es ging nichts über ein anständiges Fass, fand sie.

Sie hatten viel über Reinhold gesprochen. Dass er auch etwas brauchte, was nur ihm gehörte, was »seins« war, von ihm geschaffen, woran er seinen persönlichen Erfolg messen konnte. Etwas, das nicht Generationen vor ihm schon genau so und nicht anders gemacht worden war. Und wenn Rotwein Reinholds Passion war, dann wäre doch Schwarzriesling ein guter Kompromiss? Die Rebsorte war zwar genau genommen kein Riesling, aber sie war mindestens vierhundert Jahre alt und galt heute als eine »Stammmutter« der Burgunderfamilie. Und so konnte man ja den Wunsch nach Riesling und Tradition auf der einen und Rotwein auf der anderen Seite doch zusammenbringen? Opa Meisinger hatte genickt.

Über das Sterben hatten sie auch gesprochen. Mit einem alten Menschen war das leichter als mit einem jungen, hatte sie festgestellt. Ein alter Mensch hatte nicht so viel Angst davor. »Weißt du«, hatte sie zu Opa Meisinger gesagt, »manchmal denke ich, das Sterben an sich ist gar nicht so schwierig. Was es so erschreckend macht, ist der Gedanke an die Menschen, die wir zurücklassen. Ihre Trauer, ihr Schmerz, das ist es, was uns das Abschiednehmen so schwer macht.«

Er hatte genickt und ihre Hand gedrückt. Und nach einer langen Pause hatte er gesagt: »Wenn du das alles überstanden hast, kannst du von mir aus zurückkommen.« Näher an eine Entschuldigung würde der alte Dickkopf nicht kommen, das wusste sie, und sie anerkannte, wie viel ihn dieser Satz gekostet haben musste.

Sie sah sich noch einmal in der Küche um. Das Abendessen hatte sie vorbereitet, verabschiedet hatte sie sich auch. Alexander war mit Opa Meisinger in den Weinbergen, und sie konnte sich beruhigt auf den Weg in die Klinik machen. So beruhigt, wie man eben zu einer solchen Behandlung ging. Für einen kleinen Augenblick tauchte ein Bild auf, wie sie, mit Reinhold und Alexander Hand in Hand, stolz durch die Weinberge ging. Sie verscheuchte es schnell, nahm ihre Tasche und verließ das Haus.

Johann Gottlob Meisinger konnte es kaum erwarten, dass sein Enkel von dem Seminar zurückkommen würde. Immer wieder

156

lief er an diesem Morgen zum Hoftor, um die Straße hinunterzublicken, wo der vertraute Wagen auftauchen musste. Er brannte darauf, Reinhold von seinem Sohn zu erzählen, von der wieder aufgetauchten Freundin und natürlich auch von der Idee mit dem Schwarzriesling. Er hatte die ganze Nacht innige Zwiesprache mit seiner Elisabeth gehalten und war fest entschlossen, Reinhold entgegenzukommen, egal, was für Flausen sie ihm in diesem Marketingseminar in den Kopf gesetzt hatten. Er würde ihm zeigen, dass er ihm etwas zutraute, dass er, der alte Dickschädel, bereit war, dem jungen Mann das Weingut zu übergeben. Und ihn das tun ließ, was er für richtig hielt.

Das alles hatte er sich heute Nacht vorgenommen. Ganz fest. Selbst seine Arthrose schien von dem neuen Meisinger beeindruckt, denn obwohl das Wetter immer noch klamm und kalt war, hatte er heute Morgen kaum Schmerzen. Ein wenig müde war er, ehrlich gesagt, sogar sehr müde ... In seinem Alter rächte sich eine durchwachte Nacht schnell.

Als Reinhold dann endlich kam, schreckte der alte Meisinger aus seinem Sessel hoch. Er musste eingeschlafen sein. Wo war der Junge? Hatte Reinhold ihn etwa schon gesehen? Er erhob sich, noch etwas benommen, und ging seinem Enkel entgegen. »Ich muss mit dir reden«, sagte er. »Ich habe dir ein paar wichtige Dinge zu sagen.«

»Erst bin ich dran«, sagte Reinhold.

»Nein, warte, hast du auf dem Hof ...«

»Was du zu sagen hast, ist immer wichtiger als meins«, erwiderte Reinhold. »Aber jetzt wirst du mir zuhören.« Er holte tief Luft, wappnete sich. »Ich habe viel gelernt in dieser Woche ...«

Der alte Meisinger schnaubte, aber Reinhold hielt die Hand hoch, als wolle er ihm Einhalt gebieten. »Wenn dieses Weingut auch in zwanzig Jahren noch existieren soll, muss sich hier verdammt noch mal was verändern.«

»Warum willst du immer was verändern?«

»Warum muss bei dir immer alles gleich bleiben?«

»Weil sich die Dinge bewährt haben!«

»Die Zeiten ändern sich aber«, sagte Reinhold.

»Die Zeiten haben sich immer geändert«, sagte der alte Meisinger zornig. »Und ich bin mir immer treu geblieben, und das war gut so.«

Reinhold schloss kurz die Augen, atmete tief durch und erwiderte gepresst: »Es gibt verschiedene Möglichkeiten, dieses Weingut profitabler zu machen. Wir können einen Teil des Hauses in Ferienwohnungen oder Gästezimmer umwandeln ...«

»Fremde Leute auf dem Hof? Bist du von allen guten Geistern verlassen?« Der alte Meisinger lief rot an.

»... und wir können Weinseminare organisieren. Weinproben mit Kochkursen anbieten, oder Weinproben und Schokoladenverkostungen sind stark im Kommen, und wir liegen verkehrsgünstig für wohlhabende Kundschaft aus dem Rhein-Main-Gebiet. Außerdem –«

»Das kommt nicht infrage!«

Reinhold brachte all seine Beherrschung auf, um in normalem Tonfall weiterzusprechen. »Die Leute wollen heutzutage nicht einfach irgendwo eine Weinprobe machen, die wollen was Besonderes, die suchen ›Events‹. Da muss man ihnen auch schon was bieten.«

»Ihwenz?«, wiederholte Meisinger fassungslos. »Hör mir auf mit dem neumodischen Scheißdreck! Das lasse ich nicht zu! Niemals!« Sein Gesicht war noch einige Nuancen dunkler geworden. Die beiden Männer standen jetzt dicht voreinander, Auge in Auge, Nase an Nase. Hasserfüllt starrten sie sich an.

Reinholds verkrampfter Kiefer knirschte leise, aber er war noch nicht fertig. »Außerdem werde ich einen Weinberg mit Riesling roden und dort Dunkelfelder anbauen. Da kannst du machen, was du willst.« Reinhold war anzusehen, dass er sich nur noch mit allergrößter Mühe beherrschen konnte.

158

»Dunkelfelder? Bist du noch ganz sauber? Das Zeug taugt doch höchstens für Traubensaft!«

»Was weißt du schon! Der Hahnenhof in Bacharach, die produzieren ganz hervorragenden Dunkelfelder, und –«

»Nur über meine Leiche!«, brüllte der alte Meisinger.

»Das kannst du haben!«, schrie Reinhold zurück. Kreidebleich hielt er inne. Dann drehte er sich auf dem Absatz um und rannte davon.

Reinhold kam erst in den Weinbergen wieder zur Besinnung, vor der Kapelle des Heiligen Urban, wo er sich schwer atmend auf den Stufen niederließ. Sie waren kalt und noch ein wenig feucht, aber das machte ihm nichts aus. Für einen Moment schloss er die Augen, brachte seine Atemzüge zur Ruhe, versuchte, an etwas Schönes zu denken. Er blickte zwischen den Reihen von Rebstöcken hinunter auf den Rhein. Den Rhein hatte er immer geliebt. Am Ufer zu stehen, wenn die Binnenschiffe vorbeizogen, deren große Schrauben das dunkle Wasser aufwühlten. Wellen rollten ans Ufer, rauschten und flüsterten wie das Meer und führten den Geruch von weiter Welt mit sich. Bei Niedrigwasser ins Flussbett hinunter zu gehen, manchmal bis zur Fahrrinne, wo die hohen Bordwände der leeren Frachter sich zum Greifen nah vor ihm aus dem Wasser erhoben. Hier, am linken Rheinufer zwischen Mainz und Worms war seine Heimat, ein Wort so altmodisch wie sein Vorname. Keine zehn Pferde würden ihn hier wegbekommen.

Aber so, wie es auf dem Weingut lief, konnte es nicht weitergehen. Das hatte der Steuerberater schon vor längerem erwähnt. Auf dem Seminar war ihm klar geworden, dass es in der heutigen Zeit als Werbung nicht mehr genügte, in einem idyllischen Ort am Rhein guten Wein anzubauen. Im Rheingau hatten sie Hildegard von Bingen, Schloß Johannisberg und den Spätlesereiter, im Mittelrheintal warben sie mit Burgen, Rheinromantik und der Loreley, und Nackenheim konnte sich mit Carl Zuckmayer und

159

den jährlich stattfindenden Festspielen hervorheben. Aber bei ihnen im Dorf gab es nichts dergleichen. Ein paar Weingüter, die überwiegend Riesling anbauten, ganz ausgezeichneten Riesling, wie er zugeben musste, aber das allein würde auf Dauer nicht zum Überleben ausreichen. Es gab ein paar malerische alte Fachwerkhäuser, aber sie waren in schlechtem Zustand, und in keinem davon hatte Goethe jemals übernachtet, obwohl der doch wirklich überall gewesen zu sein schien.

Die Dorfgemeinschaft musste sich etwas einfallen lassen. In den kommenden Tagen würde er die anderen Weingüter aufsuchen und mit den Leuten reden; vielleicht waren sie aufgeschlossener als sein Großvater. Dazu gehörte ja nicht viel. Eigentlich wollte er den Großvater bitten, ihm das Gut endlich zu übergeben, aber wenn er schon auf seine Vorschläge so reagierte? Vielleicht hatte er es falsch angefangen. Er hätte ihn erst bitten müssen, ihm das Gut zu übergeben, und wenn es dann in Reinholds Besitz war, konnte er seine Pläne umsetzen. Daran hatte er nicht gedacht. Andererseits – es war durchaus möglich, dass der Alte es nicht mehr lange machte. Er wirkte müde in letzter Zeit.

Reinhold erhob sich, wischte mit der Hand über seinen kalten Po und verschmierte ein bisschen feuchte, rote Erde. Die erste Runde hatte er verloren, aber dieser Kampf würde nicht in einer Runde entschieden werden.

Aufrecht und mit schnellen Schritten eilte er nach Hause.

Oh Gott, wo war der Junge bloß abgeblieben?

»Alexander?«, rief der alte Meisinger zum hundertsten Mal. Er hatte schon überall nachgesehen – im Gästezimmer, im Keller, in der Scheune –

»Wen rufst du denn da?«, fragte Reinhold, als er von der Straße die Hofeinfahrt betrat.

»Deinen Sohn«, sagte Meisinger knapp. »Alexander? Alexander!«

160

»Geht's dir nicht gut?«, fragte Reinhold irritiert. Der Streit hatte dem Alten doch nicht so zugesetzt, dass er zu phantasieren anfing? Oder hatte er sich vor lauter Zorn zu viel Schnaps gegönnt?

»Ich habe keinen Sohn, Großvater«, sagte er in dcm Tonfall, in dem er bei Weinfesten betrunkene Randalierer zur Ruhe brachte.

»Marietta war hier und hat ihn mitgebracht. Es tut mir alles so leid!«

Reinhold legte seinem Großvater die Hand auf die Stirn. Kein Fieber.

»Herrgott noch mal, mit mir ist alles in Ordnung!«, bellte Meisinger.

»Dann beruhige dich erst mal und erklär mir, was los ist.«

Meisingers Hände zitterten, als er Reinhold in knappen Sätzen von Mariettas Besuch erzählte. Dass Alexander unverkennbar sein Sohn sei und dass sie wollte, dass er sich um ihn kümmerte, wenn ihr etwas zustieß, und und und ...

»Warum zum Teufel ist sie damals einfach abgehauen?«, sagte Reinhold erbittert. »Jahrelang weiß ich nichts von einem Kind, und jetzt soll ich plötzlich Papa spielen?«

Meisinger wand sich sichtlich vor den Augen seines Enkels.

»Was?«, sagte Reinhold. »Was hast du mir verschwiegen?«

Meisingers Hände zitterten jetzt noch stärker. »Ich hab sie damals weggeschickt. Ich wollte nicht, dass es dir so geht wie deinem Vater. Ich hab ihr gesagt, dass ich dich enterbe, wenn sie nicht verschwindet, und dass du ihr das nie verzeihen würdest.«

»Du hast was?!« Reinhold ließ sich auf die Treppe zum Haus fallen. Er schlug die Hände vors Gesicht. Zehn Jahre lang hatte er sich gefragt, warum sie ihn verlassen hatte ohne ein Wort, warum sie sich nie wieder bei ihm gemeldet hatte, was er wohl falsch gemacht hatte. Zehn Jahre lang hatte der Schmerz in ihm gebohrt, und das alles nur, weil sein Großvater ein intriganter Scheißkerl war, der anderen ihr Glück nicht gönnte? Am liebsten hätte er ihm jetzt den Hals umgedreht.

»Hast du meine Mutter damals vielleicht auch fortgejagt?«, sagte er. »So, wie du Marietta fortgejagt hast?«

»Ich wollte immer nur euer Bestes«, sagte der alte Meisinger und hob hilflos die Schultern.

»Eines kann ich dir versprechen«, sagte Reinhold mit einem maskenhaft verzerrten Gesichtsausdruck. »Ich werde dieses verdammte Weingut umkrempeln, bis du es nicht mehr wiedererkennst! Du kannst dich von mir aus in einem Fass Riesling ertränken – es wird sowieso das letzte sein, was es hier gibt. Wenn ich noch – «

Das Telefon in der Westentasche des alten Mannes klingelte.

»Meisinger? ... ja ... ja ... der gehört zu mir ... ja, mein Urenkel ... dann bin ich ja beruhigt ... nein, er kann ruhig noch bleiben. Danke.«

Der alte Meisinger schloss einen Augenblick erleichtert die Augen. »Der Bub ist beim Nachbarn drüben, die Hündin hat geworfen, und der Kleine ist ganz närrisch mit dem Viehzeug, sagt der Nachbar.«

Reinhold drehte sich wortlos um und marschierte in Richtung Gewölbekeller davon.

Der alte Meisinger brummelte etwas, aber er hatte genau verstanden, was Reinhold gesagt hatte. Sein Lebenswerk wollte der Junge zerstören, das seines Vaters und Großvaters, jahrzehntelange, jahrhundertlange harte Arbeit und Erfahrung ... Er war so unendlich müde. Wäre es doch schon morgen und Marietta wieder hier. Sie war wie – ja, wie ein guter klassischer Riesling, spritzig und belebend, harmonisch und trocken: mit beiden Beinen auf der Erde, gelassen trotz ihres nicht leichten Schicksals, an dem er nicht unschuldig war, freundlich und gut gelaunt. Einen besseren Wein hätte er selbst nicht herstellen können.

Wenn er sich Reinhold dagegen betrachtete ... Er wünschte sich so sehr, dass Marietta ihn zur Vernunft bringen konnte. Ihm klar machen, dass er das Erbe seiner Vorväter weitergeben musste an

162

Alexander. Aber würde er auf sie hören? Nachdem er sie zehn Jahre lang gehasst hatte?

Und auch das ist meine Schuld, dachte der Alte und ließ die Schultern sinken. Eine frische Brise fegte durch die Einfahrt und ließ ihn frösteln. Die Dämmerung setzte ein; der Wind trieb dunkelblaue und graue Wolkenbälle vor sich her, und doch lag bereits ein zarter Hauch von Frühling in der Luft. Er schnupperte. Ob es Sinn hatte, noch einmal mit Reinhold zu reden? Langsam schlurfte er zum Gewölbekeller hinüber und stieg mühsam die Stufen hinab.

»Reinhold?«, rief er. Und noch einmal: »Reinhold? Wo bist du?«

»Wo soll ich schon sein«, erklang eine abweisende Stimme aus der Reihe mit den großen Holzfässern. »Ich schau mir das Fass von innen an, mal sehen, ob es noch taugt«, sagte Reinhold. »Für meinen Dunkelfelder werde ich andere kaufen«, fügte er hinzu. Dann zwängte er sich durch die Spundöffnung hinein.

Reden, dachte der alte Meisinger, würde wohl nichts bringen. Vielleicht musste er ja handeln?

Er handelte.

»Opa Meisinger«, sagte Alexander, als er mit dem alten Mann gemeinsam die aufgewärmten Reste der Mahlzeit verspeiste, die seine Mutter am Vortag zubereitet hatte. »Opa Meisinger, warum hast du jemanden in das große Fass gesperrt?«

Nur mit großer Mühe gelang es Johann Gottlob Meisinger, den Happen hinunterzuschlucken, den er sich gerade in den Mund geschoben hatte.

»Wie kommst du denn darauf?«, sagte er. Ein Wunder, dass seine Stimme nicht krächzte.

»Als ich vorhin von den Hundchen gekommen bin, hab ich dich gesucht und bin in den Keller, und da hat es in einem Fass so Geräusche gemacht, aber du bist einfach rausgegangen.«

»Morgen, wenn deine Mama wieder da ist, erkläre ich euch beiden, was ich da gemacht habe.« Zärtlich strich er dem Jungen über die Wange. »Und jetzt erzähl mir mal von den Hundchen.«

Nur über meine Leiche, hatte er Reinhold im Zorn entgegengebrüllt. Das kannst du haben, war seine Antwort gewesen. Marietta hatte gesagt, das Sterben an sich ist gar nicht so schwierig. Was es so erschreckend macht, ist der Gedanke an die Menschen, die wir zurücklassen. Ihre Trauer, ihr Schmerz ...

Er legte den Stift auf den Tisch. Um ihn würden sie nicht trauern. Nicht, wenn sie erfuhren, was er getan hatte. Es war nur eine Frage der Zeit, bis sie Reinhold fanden. Was hätte er seinem Urenkel gern alles noch gezeigt, wie viel von seinem Wissen und seiner Erfahrung weitergegeben. Aber das war jetzt nicht mehr möglich. Marietta würde das Weingut bestimmt ausgezeichnet für ihren Sohn verwalten; daran hegte er keinen Zweifel und dafür hatte er jetzt gesorgt.

Als er die Tabletten mit einem Glas von seinem Lieblingsriesling hinunterspülte, wurden seine Augen feucht. Sentimentaler alter Narr.

Dieses Buch ist von Andrea C. Busch. Sie hat die Auswahl und Reihenfolge ihrer Geschichten festgelegt und bis zur Korrekturphase das Buch begleitet. Wir haben es in ihrem Sinne weitergeführt und fertiggestellt.

Almuth Heuner, Nils Heuner, Tania Jerzembeck und Beatrix M. Kramlovsky
November 2008

Alle Geschichten sind bereits, wie im Quellennachweis angegeben, in anderen Büchern erschienen. Der Abdruck der betreffenden Geschichten erfolgt mit freundlicher Genehmigung des Gerstenberg Verlags und des Leporello Verlags.

Quellennachweis

Aschermittwoch
aus *Mord zum Dessert*, Gerstenberg Verlag 2003 bzw.
aus *Mord zwischen Lachs und Lametta*, Gerstenberg Verlag 2005
(erweiterte Neuausgabe von *Mord zum Dessert*)

Der Rosenkrieg
aus *Mord im Grünen*, Gerstenberg Verlag 2001

An die Töpfe, fertig, tot
aus *Mord zwischen Messer und Gabel*, Gerstenberg Verlag 1999

Kalt erwischt auf Orkney
aus *Bei Ankunft Mord*, Gerstenberg Verlag 2000

Was du ererbt von deinen Vätern ...
aus *Radieschen von unten*, Leporello Verlag 2006

Crashdiät
aus *Mordsgewichte*, Piper Verlag 2000

Streit in Straelen
aus *Tödliche Torten*, Leporello Verlag 2005

Der Mann von nebenan
aus *Teuflische Nachbarn*, Scherz Verlag 2001

Nach Diktat vereist
aus *Tückische Krebse*, Eichborn Verlag 2000

Schwimmen
aus *Jürgen würgen*, Weiss Verlag 1998
(Die Geschichte wurde für dieses Buch überarbeitet.)

Tödlicher Segeltörn
aus *Mord in der Kombüse*, Gerstenberg Verlag 2005

Blut ist dicker als Wein
aus *Mord im Weinkeller*, Gerstenberg Verlag 2007